品读书系

唐诗品读

山光水色篇

李敬一 李承原 主编

商务印书馆

创于1897 The Commercial Press

2021年·北京

图书在版编目(CIP)数据

唐诗品读.山光水色篇/李敬一,李承原主编.—北京:
商务印书馆,2021
（品读书系）
ISBN 978 - 7 - 100 - 19911 - 7

Ⅰ.①唐… Ⅱ.①李…②李… Ⅲ.①唐诗—诗歌
欣赏 Ⅳ.①I207.22

中国版本图书馆 CIP 数据核字(2021)第 082036 号

唐诗品读·山光水色篇

李敬一　李承原 主编

商 务 印 书 馆 出 版
（北京王府井大街36号　邮政编码100710）
商 务 印 书 馆 发 行
北 京 冠 中 印 刷 厂 印 刷
ISBN 978 - 7 - 100 - 19911 - 7

2021年8月第1版　　　开本880×1230　1/32
2021年8月北京第1次印刷　印张8¼
定价:39.00元

前　言

　　唐诗是中华民族一份珍贵的文化遗产，是中国乃至世界文学艺术宝库中一颗璀璨的明珠，它向世界展示了我们民族历史的悠久、文明的发达和艺术的精美。我们每一位炎黄子孙都应当以拥有"唐诗"这张文化名片而感到自豪与骄傲，同时，更应当珍惜它、学习它、继承它，将它的艺术精神发扬光大。唐诗不仅属于过去的时代，而且在今天依然有着鲜活的生命力，它从不同侧面融进当今的社会生活中。唐诗名篇名句是唐诗中的精粹，千百年来人们口耳相传，早已深入民心，成为生活中的风向标和精神营养品，我们应该熟读熟记，代代传诵。

　　学唐诗要深刻理解其内涵，从而增强今人对社会生活和人生艺术的认识；要掌握其美学价值，指导我们更好地认识生活和表现生活。唐诗中那些或昂扬或悲壮或精巧或凄婉的名篇佳作该怎样品鉴，每个读者都想得到满意的答案。于是，我们选取了近五百篇作品，尝试着对其加以现代的生活化、休闲式的解读，以期能与读者在思想情感和艺术审美方面进行交流，从而得到一些有益的启示。例如：

　　唐代诗人游山玩水，吟风弄月，有感于河山之雄、风物之秀、天地之广阔、日月之永恒，于是状貌图形，叙事寄兴，感慨大千世界"山光物态弄春晖"，诞生了许多写景佳作。这些作品皆生动传神，美如画卷，今人读之，既能平添对大自然的审美与热爱之情，又可提升对生活的信心。

唐诗作者有着深厚的文化底蕴，他们以奇妙的诗作来描写人情物趣：一卷书，一幅画；一局棋，一张琴；一壶酒，一杯茶；一颦笑，一幻梦，都有独特的描写与独到的体验，精妙绝伦，令人叹为观止。今人品读此类作品，在"石破天惊逗秋雨"的感叹之余，也会感觉到生活认识思维之灵动，欣赏趣味之提升！

唐诗还充分演绎着爱情的神曲，涌动着情感的波涛。作者往往以细腻的笔触抒发爱情生活中的春愁秋怨、别离相思，留恋的是"曾与美人桥上别"，咏叹的是"一寸相思一寸灰"，在吟唱中表现了自然美、人物美、容颜美、青春美，描画出一道又一道生活美的奇妙景观。今人细心品读，定可从中学会欣赏"美"，懂得"情"，珍惜"爱"，何乐而不为？

回顾历史，体味当今，抒发"人生苦短""宇宙永恒""世事更迭"的慨叹，是古代文人的时尚，更是唐诗中永恒的主题。从"出师未捷身先死""中原得鹿不由人"对社会进程的描述，到"胜败兵家事不期""家国兴亡自有时"对历史定律的归纳，进而得出"江山有代谢，往来成古今""前后更叹息，浮荣何足珍"的人生经验，新见迭出，发人深省，无不体现了作者的家国情怀和对社会问题的关切。品读此类诗篇，你尽可"暂凭杯酒长精神"矣！

此外，唐诗中还荡漾着友谊的咏叹，流淌着亲情的怀想，萦绕着乡思的愁绪，因之产生了许多思乡念友的篇章。人是感情的精灵，乡情、友情、爱情……情之所系，刻骨铭心。尤其是与生俱来的乡情，故乡的一山一水、一草一木、一亲一眷，归于心，溶于血，伴随着游子走遍海角天涯；而镌刻进人生年轮的则是友情，"海内存知己，天涯若比邻"，朋友如兄弟，似手足，故旧朋交之谊恰如"桃花潭水深千尺"。品读此类作品，你可慰藉乡愁，获得友爱。这在纷繁、迅疾的现代化社会生活中，亦是弥足珍贵之事。

鉴于以上对唐诗诸多方面的认识，我们编写了这套"唐诗品读"，其中包括"山光水色篇""人情物趣篇""佳人情爱篇""感时怀古篇"和"思乡念友篇"，这些作品均涉及较为轻松的社会生活题材。而之所以选择这些作品，是因为在现代社会中，生活节奏加快，竞争压力加重，人们对文化生活的选择也更加丰富多彩。就大多数人而言，并没有耐心去深入研究唐诗，甚至对唐诗中那许许多多原本令人激动的主题都感到承受不起。所以，人们希望轻松一些，希望换一个角度去认识唐诗，换一种方式去阅读唐诗，这就是"品鉴"——细细地品味诗中的人情事理，慢慢地鉴赏诗人的艺术意旨。这样便可以让读者在学习过程中不知不觉地进入一个较为轻松而又时有所得的阅读情境，从而获得一种类似"寓教于乐"的阅读快感与审美享受。

"品读"系列所选唐诗，主要依据中华书局版《全唐诗》录出，个别诗篇字句、题目偶有歧出的，则参考其他版本做了一些改动。系列中各册作品的编排，大体上以作家生活的年代先后为序。

笔者在高校从事传统文化、主要是古典文学教学五十年，曾为大学生开设过"诗词欣赏"公共选修课；也曾应邀在中央电视台《百家讲坛》栏目主讲过"怎样欣赏中国古典诗词"等专题，在北京电视台《中华文明大讲堂》主讲过"壮哉唐诗"系列节目；还曾参编过《唐诗鉴赏辞典》、主编过《休闲唐诗鉴赏辞典》等书。这些课程、演讲、图书都有关于唐诗品鉴的内容，而且都具有雅俗共赏的品鉴风格，故这次编写"唐诗品读"，有些便沿用了原来的旧稿。因为此系列共分五册，选目、分类、撰文、统稿、整理、编排，等等，任务繁重，本人年逾古稀，健康状况欠佳，且尚有其他文化讲座及手头文字工作要做，所以，部分品读文章的撰写及资料查证、文字整理、电脑打印等事情，便由另一主编李承原承担；同时，参考了我以前主编的《休闲唐诗鉴赏辞典》的部分旧稿，其基础工作参与者刘兰珍、崔朝阳、廖声武、左彦等青年学者也做出了很大贡献，在此，一并致谢！付梓在即，我们深感，尽管编写人员着力不小，却仍觉全书有许多不尽如人意的地方，企盼读者诸公多多批评指正！

本书的出版，承蒙商务印书馆厚艳芬编审的鼓励和推进，她从作品选目、题材分类到赏析文字、版式编排，都给予了十分细致具体的指导，谨向厚老师及责任编辑白彬彬、张鹏二位先生表示由衷的感谢！

李敬一

2020年3月于珞珈山

目　录

1

蝉

虞世南

垂绥饮清露，流响出疏桐。
居高声自远，非是藉秋风。

品读

这是一首咏物诗，由蝉的"居高声自远"引发出对人的自身修养、道德力量的思考。

"垂绥饮清露"，是指蝉的头部那两根纤细的触须，颇像帽带结的下垂部分。蝉生性高洁，非高枝不栖，非清露不饮，的确是洁身自好、不与卑污为伍的一类。而蝉的鸣叫声也是响亮而高亢的，它在高高的梧桐树上引吭高歌，薄薄的蝉翼随着鸣叫声而轻轻颤动。那声音"流响出疏桐"，从挺拔的梧桐树间传出，悠远而绵长。它"居高声自远，非是藉秋风"。蝉鸣能传得远，是因为它栖身在高处，站得高，而不是凭借秋风的作用将声音传送出来的。这就仿佛一个人，只要他自身品格高洁，以他人格的力量安身立命，是不需要"秋风"如权势地位等来为自己扬名也能够流芳百世的。虞世南也许在对他畅通的仕途做出了骄傲的解释：他是靠自己的德行、忠直、博学等赢得成功的，而不是靠别人的提携与帮助。

秋夜喜遇王处士

王 绩

北场芸藿罢，东皋刈黍归。
相逢秋月满，更值夜萤飞。

品读

　　王绩一生，曾多次托病辞官，归隐躬耕，在乡间过着散淡的生活，并终老于田园。这首诗描写了他在秋天劳作之后与故友相遇时的喜悦与宁静。

　　秋天是收获的季节。诗人在屋北地里锄罢豆子，又在东边田野里割罢了黍谷。看起来似乎这劳动量挺大，但实际上，以诗人生活条件之优裕，自然不必一如辛勤的农夫那样汗流浃背。田园劳作于他是一种令人心情愉快的消遣，是生活的一种乐趣。

　　所以，在与友人意外相遇时，他才有如此闲适的心情与友人一起欣赏山村的夜景。"相逢秋月满，更值夜萤飞"，两位老友在到处飘溢着丰收农作物芬芳的秋夜不期而遇，而这秋夜又是如此美好，一轮满月挂在高迥的天空，皓洁的月光洒满秋天的田野与村庄，一派幽静与祥和，令人仿佛感到丰收的喜悦正在宁静的夜色中流淌。更有那点点流萤在田野里、秋草中穿梭飞过，忽明忽灭，轻盈而神秘，从容而恬淡，与劳作后虽有乏意但极为惬意的诗人心境颇相吻合。

"相逢秋月满，更值流萤飞"，这沐浴着秋月清辉、点缀着万点流萤的山村夜色，真令当今居住在繁华都市里的人们欣羡啊！

入朝洛堤步月

上官仪

脉脉广川流，驱马历长洲。
鹊飞山月曙，蝉噪野风秋。

— 品读 —

这首诗是上官仪任宰相时所作。其时他位处极尊，扬扬自得；一日在东都洛阳上朝，巡走在洛水堤上，即兴吟就此诗，流露出悠然居上的情怀。

"脉脉广川流"，洛水浩荡，广阔奔流，却又是那样静寂，那样含情。诗人官居相位，跨马入朝，"驱马历长洲"，那入皇城之洛堤官道，如狭长沙洲，直通前方，一无阻碍。这两句写来颇有气势，诗人正因为身为宰相，方以洛水为广川，以官堤为长洲，一广一长，可见其胸襟之阔大。他跨马昂首，才见得广川脉脉，堤如长洲。而四周流动之景，更有"鹊飞山月曙，蝉噪野风秋"。由于唐初官员上朝无处歇息，故须拂晓前候于城门。此时正秋季，所以月亮尚悬于西空，那落时、光线之变化，兆示着晨曦之即临，唤起山鹊，或鸣或飞，影映于月落余华与黎明曙光相融之天地中；寒蝉噪鸣不歇，旷野西风吹拂，相糅相和，正是秋意浓时。古人以蝉喻文人高士，上官仪此处咏蝉，或许有求贤心切之不安，但仅从诗面来看，这一番景致亦足以动人。

上官仪诗承继齐梁之纤秾错婉余风，世称"上官体"，的确是绮丽清亮，构思精美，巧于修辞，善于用事。另外，由此诗又可知上官仪非敷衍塞责之辈，其入朝之早，途中兴致高雅，吟诗抒怀，风仪可嘉。得势毋忘天下，位高不失矜持，真夫子，上官仪。

曲 池 荷

卢照邻

浮香绕曲岸，圆影覆华池。
常恐秋风早，飘零君不知。

— 品读 —

这首小诗，借荷寄言，诗人落笔从容，气魄虽不宏大，但挥洒肆意，情感深沉。

诗人悠然轻吟："浮香绕曲岸，圆影覆华池。"曲池中的荷花，舒展枝干，迎风摇曳，芳馨清淡的荷香随风沿岸飘动；圆圆的露珠闪跳着美丽的光芒，在圆圆的荷叶上滚来滚去，一时忽借风力，投进池中叶影的怀抱。这番场景酷似一位沐浴着夏日阳光、迎风而立、手搭凉棚、极目远眺的少女，美艳温柔而又生动活泼，好迷人的风景。诗人此时并未仅停在欣赏、品味的表象中，而是顿然道出"常恐秋风早，飘零君不知"，巡眸企望间已说出内心深深的感慨：只怕令繁花谢尽的秋风早日吹至，这满池的妩媚与丽色，还不曾为人见闻、为人赏悦，寂寞的荷花便徒耗韶光，不得不再待明年了。这池荷，在静然盛开、风中默舞的时候，那层层的枝叶和花瓣叠叠折折，叶浪传递过来的何尝不是一句句问语：谁人知我心事？

　　要知道，身为"初唐四杰"之一的卢照邻年少博学，后遭祸下狱，不久又服药中毒致手足俱残，终隐于深山悄然避世度过余生。但在此诗中，诗人不多用一点墨，意到即止，看似蜻蜓掠水之快捷，轻盈而漫不经心，实则用心良苦。貌写莲，实由莲出其外，进入广阔的社会背景，哀而不怨，黯而不伤，叹而不悲，如莲之高洁、傲世，自开自灭，岁华度四季，身心感五常，一份无声的期待亘古不变，一份生命的佳季尽展，而那份深沉的遗憾却被紧紧密密地藏起，待君开启，待君倾听。

咏　鹅

骆宾王

鹅鹅鹅，曲项向天歌。
白毛浮绿水，红掌拨清波。

━ 品读 ━

　　这首《咏鹅》可谓妇孺皆知。当你看着一个蹒跚学步的幼童，口中喃喃地用稚嫩的声音念着"鹅鹅鹅"时，能不对这首通俗易懂又生动活泼的小诗油然而生爱意？

　　鹅是一种再常见不过的家禽，它颈项优美颀长，体态丰满，羽毛光洁，走起路来摇摇摆摆，四平八稳，颇有大将风范。但在水里，鹅便显得灵活自如了。诗人就是用鲜明对比的色彩，为人们描绘了一幅白鹅戏水图：鹅在水中快乐地嬉戏，时而伸长优美的脖子向天空发出响亮的叫声。它们那洁白的羽毛漂浮在碧绿的水中，那橘红色的脚掌在水中划动，荡起阵阵清波。这白、绿、红三色融汇在一起，构成了明丽开朗的画意，给人以审美的愉悦。

　　鹅作为一种家禽，它的主要价值在于鹅肉与鹅蛋可供享用。在西方人的印象中，鹅总是与愚笨可笑等联系在一起，他们爱说"你笨得像只鹅"。但在骆宾王的眼中、笔下，这鹅却透着灵气和诗意。它那洁白的羽毛、红红的脚掌，构成生活中的一种美，且那么有人情味。白鹅戏水图，简洁而明快，难怪后世人要吟诵不绝。

玩 初 月

骆宾王

忌满光先缺，乘昏影暂流。
既能明似镜，何用曲如钩。

— 品读 —

骆宾王与王勃、杨炯、卢照邻共称"初唐四杰"，他7岁即能赋诗，尤工五言。曾参加徐敬业讨伐武则天的斗争。徐敬业失败后，骆宾王不知去向，或传被诛，或传入灵隐寺为僧。

这首诗有如一弯新月般玲珑剔透，清新别致，夹叙夹议，富于哲理，"玩月而境界纯正"。自古咏月的诗作何止万千，但大多写的是满月，写皎洁的月光，如"海上生明月""明月逐人来""海上明月共潮生"等等，突出的是一个"明"字。而《玩初月》却从纤细的月牙儿入手，以月牙儿立意，不仅"玩"出了月牙儿的清纯，更"玩"出了月亮的美学意蕴。可以说，这铿锵流畅的二十个字，将月的特性说得极透彻，可见诗人是深谙月性的。

不写初月的形状如何，却说月亮是"忌满光先缺"，体现出月亮力戒自满的谦和之性；不说初月的光辉之柔和、缺乏足够的亮度，倒说是月亮要戒其昏庸，所以"乘昏影暂流"。接着，诗人以似带不解的口吻问出："既能明似镜，何用曲如钩。"仿佛那月亮充满了灵气与悟性。"明似镜"与"曲如钩"，是月亮的两种意境，月牙儿为了追求光明，必然要努力做到"明似镜"，而不会始终"曲如钩"的。当然，倘如此，那就不是初月了。既然能像镜子那样圆满和明亮，又何须要弯曲如钩委屈自己呢？

四句诗，说出了月亮的四种境界，使这细细的一弯初月顿时变得形象丰满起来。整首诗以议论为主，读来却不嫌其生硬，反觉其流畅而耐人寻味。

在生活中，人们往往要追求一种结局的完满。其实，若以发现的眼光去找寻，就会感觉出不圆满也是一种美，而且是一种更持久的美，不是吗？

咏　蝉

骆宾王

西陆蝉声唱，南冠客思深。

不堪玄鬓影，来对白头吟。

露重飞难进，风多响易沉。

无人信高洁，谁为表予心？

— 品读 —

骆宾王的蝉真可谓是一只"苦蝉"，与虞世南那"居高声自远，非是藉秋风"的自我感觉优越、可俯视一切的蝉形成鲜明对比。感由心生，盖因写诗之人的遭际完全不同。

这首诗是骆宾王遭受诬陷入狱时所作。因此虽在咏蝉，实则是指桑说槐，感叹自己的处境艰难，壮志难酬。

"西陆蝉声唱，南冠客思深"，西陆指秋天，南冠指囚徒。深秋已至，那蝉还在高声鸣唱，那一声紧似一声的蝉鸣传进铁窗，更勾起狱中人深深的愁思。那蝉依然两鬓玄色，而被愁思折磨的诗人竟已早生华发了，更哪堪听这凄厉的蝉鸣。"露重飞难进，风多响易沉"，寒风起，冷露打湿了秋蝉单薄的羽翼，叫它如何能再高飞；秋风飒飒，盖过了秋蝉微弱的声音，有谁还能听得见、辨得出它越来越喑哑的鸣叫呢？

　　蝉本栖高饮露、生性高洁，可谁会相信它的高洁，它的一寸真心又能向谁表白？诗人咏蝉，因为秋蝉就像他自己。他因为敢于直谏，得罪了统治者，最后竟至被诬下狱。"露重飞难进，风多响易沉"，环境的艰难使他难以施展抱负，在对当权者的一片谄媚声中，他的忠诚之言有谁能听？反而被以莫须有的贪赃之罪打入监牢，声名蒙污，谁肯相信他的清白无辜，相信他的满腔赤诚？

　　而要想蝉鸣之声清脆悦耳，必须得有一个温暖宽松的好气候好环境才行。否则，这"蝉"就会始终是"苦蝉"或"牢骚之蝉"了。

正月十五夜

苏味道

火树银花合，星桥铁锁开。

暗尘随马去，明月逐人来。

游伎皆秾李，行歌尽落梅。

金吾不禁夜，玉漏莫相催。

品读

　　这首诗描写的是京城长安元宵之夜繁华热闹的景象。据《大唐新语·文章》记载："神龙之际，京城正月望日（十五日）盛饰灯影之会，金吾弛禁，特许夜行，贵游戚属及下隶工贾无不夜游。车马骈阗，人不得顾。王主之家，马上作乐，以相夸竞。文士皆赋诗一章，以纪其事。作者数百人，惟中书侍郎苏味道……三人为绝唱。"的确，苏味道生动地描画了当时金吾不禁、人海欢闹的上元节情景。

　　元宵之夜，长安城的街道两旁及园林深处，到处明灯错落，辉光璀璨，简直像千树万树竞相绽放的火红的花朵。平日威严紧锁的城门桥上也点缀着无数盏美丽的灯饰，当桥链徐徐滑动，城桥下降时，犹如一座星星做成的仙桥降落人间。"火树银花合，星桥铁锁开"，瑰丽的色彩，奇妙的联想，至今读来，仍令人恍若置身于一千多年前那个"火树银花不夜天"的节日之夜，感受到当时欢乐的气氛。

欢乐的人群潮水般涌来，马蹄扬起的尘土在夜色下也看不清楚了。十五的月光普照着喧闹的人们，灯光月影下，打扮得花枝招展的歌伎们边走边唱着《梅花落》。欢乐的时光在人们心中留下无比美好的回忆，但这良辰美景总是显得太短暂，他们在心中暗暗希望着"金吾不禁夜，玉漏莫相催"。

诗人生活的时代是一个蓬勃向上、繁荣富强的时代，社会呈现出太平的景象，也只有在太平盛世，人们才能安享良宵，才会有如此盛大的聚会。因此，诗人在作品中流露出对生活强烈的热爱和身处繁华都市的自豪感。他的"火树银花合，星桥铁锁开"这一千古名句，也常被后人借用、引申，以歌颂繁荣的时代或繁华的时刻，如柳亚子的"火树银花不夜天"。

欢乐的真谛不仅在于享受它，更在于参与。今天，烟花鞭炮被法律明文规定在大都市限时限地段燃放，春节、元宵晚会由电视台操办，少了一份参与的喜悦。看来，见多识广的都市人是很难体会到一千多年前那个令人们彻夜不眠地兴奋着的元宵夜盛况了。

滕王阁诗

王　勃

滕王高阁临江渚，佩玉鸣鸾罢歌舞。

画栋朝飞南浦云，珠帘暮卷西山雨。

闲云潭影日悠悠，物换星移几度秋。

阁中帝子今何在？槛外长江空自流。

品读

　　这首诗描写滕王阁之今昔，抒发盛衰无常、人生易逝的感慨，是唐诗中写山水景物的名篇之一。

　　公元 676 年，诗人赴交趾探望父亲，途经洪州（今江西南昌），适逢洪州都督重新修复滕王阁，这首诗就是在落成庆典的宴会上写成的，诗的前面有很长的骈体文序。诗作甫成，举座惊服。

　　滕王阁是唐太宗之弟滕王李元婴任洪州都督时所建，气势高峻。诗人凭栏下望，抚今追昔，不由感叹万端："滕王高阁临江渚，佩玉鸣鸾罢歌舞。"那楼阁依然临江高耸，而昔时豪华热闹的场面早已了无痕迹。只一个"罢"字，咏尽曲终人散、物是人非的凄凉。滕王已死，滕王阁依然是那样的华丽壮观，南浦的云、西山的雨，依然朝朝暮暮来此流连，与阁为伴。诗的首联、颔联是描写滕王阁气势的浓墨重彩之笔，景物中寓理趣，足显人事之沧桑。

诗人曾在《序》中写道："天高地迥，觉宇宙之无穷；兴尽悲来，识盈虚之有数。"这是一种多么深邃阔大的宇宙观。年轻的诗人已然意识到，人生有限而时空无穷，自然界在变化，人事更是不断变化。"闲云潭影日悠悠，物换星移几度秋"，社会沿革何其迅速，阁中的帝子终究死去了，而栏杆之外，滔滔的江水依旧东流而去，年复一年，亘古不歇。"阁中帝子今何在？槛外长江空自流"，直写出"人生有限，宇宙无穷"之道理，读来令人嘘唏太息。

作为"初唐四杰"之首的王勃，少年即负盛名，但长成之后并不得志。他的诗作格调高雅，笔力苍朴，不过诗中常流露出一种萧瑟之暮气。这或许是诗人年仅 28 岁即夭亡的某种预兆吧。"闲云潭影日悠悠，物换星移几度秋"，既是感慨宇宙无穷而人生有限，亦是失意文人的人生喟叹。

游少林寺

沈佺期

长歌游宝地，徙倚对珠林。
雁塔风霜古，龙池岁月深。
绀园澄夕霁，碧殿下秋阴。
归路烟霞晚，山蝉处处吟。

— 品读 —

少林寺建于北魏时期，不仅是少林拳的发源地，而且留下了十三棍僧助唐王等诸多传奇故事。此外，少林寺本身的景致也颇值一游。

少林寺内蕴藏着多少禅机玄妙，令人游赏之前不禁要"长歌游宝地"，长啸一声，清歌一曲。"徙倚对珠林"，"珠林"指佛寺，对着佛寺徘徊。那雁塔，那龙池，一番景致，多少传说，都随着百年的风霜和岁月，刻在塔身上，如此古老；映在池水里，如此渊深莫测却又都如此诱人。一处小园，染上夕阳落霞的色彩，显得更澄澈宁静；暗碧的大殿旁古树遮荫，以秋影将宝殿蔽护其下。这是多么静谧的意境，一切都是那么平和、安详，或许这便是禅意了。诗人游毕归家，"归路烟霞晚，山蝉处处吟"，回家的路途中，烟霭袅袅，红霞晚落，伴着诗人静静地走。山中鸣蝉四处吟唱，余响不绝。这是高蝉清吟，在诗人耳边萦绕不息，也是少林寺的韵味在诗人的脑海里悠悠不绝……

少林寺到如今已有千余年历史，它的美不仅在其风景或一两个传奇故事，而在它所富含的历史、文化内涵，尤其是禅释的奥妙。游少林寺，最诱人的便是体会其中之真意。许多朋友都游过少林寺，不知读此诗后是否有同感；而对于未游过少林寺的人来说，则不妨熟吟此诗，然后亲身到宝地一游，体味体味。

咏　柳

贺知章

碧玉妆成一树高，万条垂下绿丝绦。

不知细叶谁裁出，二月春风似剪刀。

品读

　　杨柳之美，美在它那袅袅娜娜的意态。早春二月之际，杨柳枝头绽出嫩嫩的新叶，暖风吹过，那柔美轻曼的柳丝便随风飘舞，似风情万种的美人儿，摇动婀娜纤细的腰肢，多么轻盈，多么迷人，仿佛要摇醉行人的一颗春心。但这自然天成的美，却又是美人儿难以模仿出来的，正如唐彦谦所云："绊惹春风别有情，世间谁敢斗轻盈？楚王江畔无端种，饿损纤腰学不成。"

　　那么，这柳丝之美到底是谁的杰作呢？贺知章给了我们一个别致却真实的答案："二月春风似剪刀"。

　　看，那碧绿的柳树，亭亭玉立，恰似妆扮一新的美人儿，那千条万缕的柳丝就像是美人纤腰间垂下的长长的绿丝带，袅袅婷婷，婀娜多姿。细小娇嫩的新叶点缀着柳丝，这巧胜天工的春光美，原来都是春风催弄出来的。"不知细叶谁裁出，二月春风似剪刀"，二月春风，恰似一把神奇的剪刀，它兴之所至，给大自然裁剪出无限美丽的景致，红花绿草，碧叶青树，大自然魅力无穷，美不胜收。

春天，人们来到大自然中，观赏万象更新的美景，当那"万条垂下绿丝绦"的柳树映入眼帘时，许多人会脱口而吟诵起贺知章的《咏柳》，从而激发出对大自然无比的热爱。

春江花月夜

张若虚

春江潮水连海平，海上明月共潮生。

滟滟随波千万里，何处春江无月明。

江流宛转绕芳甸，月照花林皆似霰。

空里流霜不觉飞，汀上白沙看不见。

江天一色无纤尘，皎皎空中孤月轮。

江畔何人初见月？江月何年初照人？

人生代代无穷已，江月年年只相似。

不知江月待何人，但见长江送流水。

白云一片去悠悠，青枫浦上不胜愁。

谁家今夜扁舟子？何处相思明月楼？

可怜楼上月徘徊，应照离人妆镜台。

玉户帘中卷不去，捣衣砧上拂还来。

此时相望不相闻，愿逐月华流照君。

鸿雁长飞光不度，鱼龙潜跃水成文。

昨夜闲潭梦落花，可怜春半不还家。

江水流春去欲尽，江潭落月复西斜。

斜月沉沉藏海雾，碣石潇湘无限路。

不知乘月几人归，落月摇情满江树。

— 品读 —

在中国诗歌史上，声名显赫的诗人其实并不全是因为作品数量"多"，而往往在于作品质量"精"。张若虚便是一位以作品的艺术质量而奠定自己在诗歌史上地位的诗人，他平生只有两首诗流传下来，其中之一便是这首《春江花月夜》。

春天是美好的，滚滚滔滔的大江是美好的，百花盛开的景象是美好的，春宵良夜也是美好的，而那亘古以来照耀着人间的月亮更是美好的。张若虚的《春江花月夜》正是将这五种美好的景物构织在一幅图画里。

其实，张若虚在五种景物中又着重在写"月"。有了"月"，江流、大海、旷野、花林都显得生机勃勃。"海上明月共潮生"，春江潮满，江水浩荡，东流入海，海天相接。而在那海天相接处，因月满而吸引出潮水，又因潮大而托涌出明月，"共潮生"的景象何其壮观！当月亮刚一出现在夜空时，世上的一切便格外迷人：江面之上，闪闪烁烁，江流万里，波随万里，江月同在，情水同长。那弯弯曲曲的江流，绕过芳草地，行程万里，流芳万里。月光洒泻在花树之上，如同雪珠散落；夜空中，好像有薄雾笼罩，浑然一片，使人感觉不到雾气的飞动；沙汀之上，月色显得更加皎洁，白沙竟被月光所淹没。

有了"月"，世上的人就会举头望月，也就会生发出许多与月有关的问题。而在这许许多多问题中，最大的也是最难解答的问题，莫过于人与宇宙的关系了。"江畔何人初见月？江月何年初照人？人生代代无穷已，江月年年只相似。"

是啊，亘古以来，是什么人第一次见到月亮？天上的月亮又是从何时开始照耀人间的？很显然，答案只有一个，那就是：人生有限，宇宙无穷。这个问题，在张若虚之前就曾有不少诗人探索过，如《古诗十九首》说："年命如朝露，寿无金石固。"曹操说："对酒当歌，人生几何？譬如朝露，去日苦多。"曹植说："天地无终极，人命若朝露。"阮籍说："人生若尘露，天道邈悠悠。"但他们怎样看待这短暂的人生，却又各不相同。张若虚认为：一个人的一生是有限的，代代相承却又无穷无尽，人类的代代承传可以和天地的长久、月亮的永恒相媲美。而月亮虽然一直到现在还照耀着人间，但月亮还是那个月亮，没有变化；人类却在不断地繁衍、新生，因此，还是人类最伟大。

有了"月"，也就有了月夜里男女的相思爱恋。人生永远厮守者少，生离死别则常见。"谁家今夜扁舟子？何处相思明月楼？"在这朗朗月夜，有多少独驾扁舟的游子飘流在外？在那明月高照的闺楼之中，有多少孤身女子被相思所折磨？他们苦苦相思，切切爱恋，终不免"鸿雁长飞光不度，鱼龙潜跃水成文"，终究是"不知乘月几人归，落月摇情满江树"。

人的一生中见过许多优美的景物，但你是否欣赏过春江花月夜这样的美景？人的一生中会有许多感情的经历，但你是否体味过"愿逐月华流照君""昨夜闲潭梦落花"这样的温情与痴迷？人的一生中也会有许多哲学的思考，但你是否思考过"人生代代无穷已，江月年年只相似"这样关乎人生与宇宙的命题？如果没有，不妨读一读《春江花月夜》，你便可徜徉于诗的意境中，领略到大自然的美，体悟到人生的意趣。如果你有过上面所说的经历，也不妨读一读《春江花月夜》，或许会与作者产生共鸣，从而加深你对生活的认识和人生的思索。

望月怀远

张九龄

海上生明月，天涯共此时。
情人怨遥夜，竟夕起相思。
灭烛怜光满，披衣觉露滋。
不堪盈手赠，还寝梦佳期。

—— 品读

这是一首月夜怀念远人的诗。月下相思，情幽怨重；望月抒怀，思绪翩翩，自古皆然。

一轮皓月从海上冉冉升起，将皎洁的光辉洒向人间。明月普照大地，此时此刻，无论是闺阁思妇还是天涯远人，都会为之所动，触景生情。"情人怨遥夜，竟夕起相思"，尤其是远隔关山万里、无缘相聚的有情人，更会对月浮想联翩，相思绵绵。月升月沉，长夜漫漫，对于为相思之苦所煎熬的人，该是多么寂寞难耐的时刻。爱愈重则相思愈深，月圆人难圆，使他们坐卧不宁，彻夜难眠。究其原因，是烛光扰乱了思绪吗？可灭了烛，月光倾泻进来，把房间照得亮晃晃的，更叫人难以忍受，真正是"灭烛怜光满，披衣觉露滋"。披上衣衫到庭院中排遣心中的愁绪吧？夜已深沉，冰凉的露水沾湿了衣襟。这明媚的月光，这难眠的长夜，这不尽的相思，该如何传达给远方的爱人呢？"不堪盈手赠，还寝梦佳期"，伸出双手，手中盛满月光，却不能送到远人的面前。看来，只有盼望着在梦中与情人相聚了。

"海上生明月，天涯共此时"，背景阔大，由景入情，意境雄浑，是千古传诵的佳句。它没有一个华丽的字眼，却自然天成。当我们望见一轮明月从海面上冉冉升起之时，这样的诗句就会脱口而出，带我们进入一个静美的境界。也许，这就是名诗名作那经久不衰的艺术魅力之所在吧。

诗人将思妇远人的相思之情寓托于月光，仿佛那似水月华也含着几许离情，带着几缕愁绪。它脉脉无语却善解人意，牵人相思又给人抚慰。它把自己的光辉温柔而均匀地洒向天涯海角的每一处，让人在心中祈祷："但愿人长久，千里共婵娟。"

感遇十二首（其七）

张九龄

江南有丹橘，经冬犹绿林。

岂伊地气暖，自有岁寒心。

可以荐嘉客，奈何阻重深！

运命唯所遇，循环不可寻。

徒言树桃李，此木岂无阴？

━ 品读 ━

张九龄的诗往往是意在言外，擅长托物言志，借此喻彼，给人以丰富的想象和思考。

这首诗是他借故乡的丹橘，赞坚贞，叹节气，愤其不为重用。"江南有丹橘，经冬犹绿林"，丹橘生在江南，虽历寒冬，却依然郁葱如旧。这并非偶然现象，"岂伊地气暖，自有岁寒心"，丹橘不是倚仗这一地区气候偏暖，而是独具耐寒本性，自怀抗寒风骨，非客观环境使然。如此佳材，"可以荐嘉客，奈何阻重深"，既有经冬历寒之才，又可丰结甘果，若举荐与嘉宾贵客，以尽其用，岂不是一举而尽收物用？然而这举荐之中为何阻挠重重，障碍颇深，是不爱？是妒忌？不得而知，令人徒唤奈何！诗人只能空叹"运命唯所遇，循环不可寻"，人的命运之好坏不正同于树的遭遇之良劣？人生漫漫，几度风雨，几度春秋。命运变幻莫测，无法捉摸，更无法把握。就如这株丹橘，"徒言树桃李，此木岂无阴"，人们常说植桃种李，又可庇荫，又可食果，但此株丹橘有同样的甘果，亦有绿荫如盖，为何未为人识？这是诗人反诘世人，似责人，似叹己，一泄心中愤懑，极为有力，发人深省。

整首诗透出一股愤愤不平之气，时而自问自答，时而质问他人，既是为丹橘鸣不平，也是以橘述己，叹自己空怀报国之才，"奈何阻重深"，使人识丹橘而明张九龄之心，叹丹橘之不为人用而同悲张九龄之境遇，确是一首含意至深、耐人寻味的佳作。

马能行千里，无伯乐慧眼识才亦只能老死于厩中；人空怀才志而无用武之地，蹉跎岁月，实令叹惋。

桃花溪

> 隐隐飞桥隔野烟，石矶西畔问渔船：
> 桃花尽日随流水，洞在清溪何处边？

━ 品读 ━

要欣赏这首意趣飘逸浪漫的写景诗，首先得了解作者张旭其人。杜甫在《饮中八仙歌》中是这样描写的："张旭三杯草圣传，脱帽露顶王公前，挥毫落纸如云烟。"张旭是盛唐时著名的草体书法家，嗜酒善饮。传说他常酒后呼喊狂叫，乘醉作书，甚至在醉后用自己的头发蘸墨写大字，被世人称为"张颠"，又称"草圣"。张旭的草书、李白的诗文及裴旻的剑舞被并称为"三绝"。因此，现代评论者认为张旭的这首诗中也"透露出狂草书法艺术的气息"。的确，他的诗神韵生动，幽深旷远，构思新奇，有着写意画的美感与飘逸。

桃源山（在今湖南桃源县内）下有个桃花洞，相传即为陶渊明《桃花源记》中所描写的乌托邦所在地。桃花溪在洞北，沿岸广有桃林，花谢时节，片片桃花漂浮在溪水中，煞是绮丽迷人。

"隐隐飞桥隔野烟"，一开篇，诗人就把读者带入一种缥缈幽深、如仙似幻的意境中。云深雾锁的深山野谷里，一座木桥横跨山溪之上，在云气氤氲中若隐若现，似要凌空飞起。一只渔舟，静静地停靠在溪水旁，诗人欲寻桃花洞，于是"石矶西畔问渔船"。究竟船夫如何作答，诗人未写出，但"桃花尽日随流水，洞在清溪何处边"，则是问语，亦是感叹式的自问。碧清澄澈的溪流中，片片桃花随波荡漾。如此美景令诗人浮想联翩，不禁痴痴地想：那桃花流去的终点，可就是那桃花洞吗？

与其说这首诗是一幅画，不如说是一组抒情的电影镜头：首先映入画面的是云雾深处的长桥，这是一个全景。接着角度变换，推至一个中景——溪畔轻轻摇动的船和渔翁；镜头推近，是诗人神思恍惚的特写，再用淡入的手法，让观众看见美丽如霞的桃花花瓣与绿水相映，画面越来越朦胧，令人生发美好的联想。

诗人将心中美妙的遐想与热爱自由之情融入对自然美的描绘之中。咏叹桃花源的诗作不少，如王维《桃源行》"渔舟逐水爱山春，两岸桃花夹古津。坐看红树不知远，行尽青溪不见人"，但像张旭这样想象奇特的并不多。读者读《桃花溪》诗，体味到的是一颗热爱自然、热爱自由的赤子之心。当今的人们生活在一个更讲究功利的商品经济时代，若能葆有这样一份纯情与至真，当属难能可贵。

山中留客

山光物态弄春晖，莫为轻阴便拟归。
纵使晴明无雨色，入云深处亦沾衣。

——品读——

　　诗人张旭隐居山林，在这清幽之境，又值阳春之季，与来访的朋友倾心叙谈，不知不觉间雅客欲别而去，诗人出言挽留，说道："山光物态弄春晖"，青山中沐浴着明媚的阳光，万物之娇态与春晖共同构成这幅图景，多美！诗人未细写春景，只以粗线勾勒出大画轴、大轮廓，似这般风光，朋友你不要因为晴空飘过几朵云，便担心要下雨而急欲归家。这山林之间，即使丽阳高照，毫无下雨的征兆，但当你步入密林深处，同样会有云雾漫腾，同样会水重湿衣。这是一种多么惬意的境界。能与张旭为友者，亦必是高士，故必与张旭一样爱好投身自然，接受大自然的滋润。虽然诗人并未说客人是否留下，但此处可见诗人抓住了朋友的心理，以风景、以云深湿衣的意境相诱，何愁清客不留？

　　人们常有上高山、入深林的生活体验，但能细心观察"入云深处亦沾衣"的独特景象者却为数不多。所以在游山玩水之中，也应做一个观赏自然的"有心人"。

登鹳雀楼

王之涣

白日依山尽，黄河入海流。
欲穷千里目，更上一层楼。

— 品读 —

一个傍晚，诗人登上蒲州（今山西永济）的鹳雀楼（因常有鹳雀在楼上栖息而得名），举目遥望，正是夕阳西下的时候，逆光而视，只见晚霞烧红了半边天，更显得远方的群山昏暗苍茫。可是那山背后的太阳却赤红似火，如此炽热、绚丽，在暮霭的烘托下，依傍着山，恋恋不舍地落下；站在鹳雀楼上本望不见海，然而看那眼前滚滚滔滔、奔流不息的黄河，自令人想到它一泻千里，最终必将流归大海。这正是诗人的诗思在流动；这正是"白日依山尽，黄河入海流"那雄奇瑰伟的意境，那广阔遥远的空间，实在令人叹为观止，大有磅礴天地、气吞宇宙之气势。诗人被眼前雄壮的景色所陶醉，他想看得更远，他的心飞向了千里之外的世界，"欲穷千里目，更上一层楼"，诗人昂首高唱：要想看到千里之外的风物，就必须再登上一层楼！

这是多么开阔的眼界，又是多么豁达的心胸。这既表现了诗人自我胸襟的开朗，同时也是中国封建社会的顶峰——盛唐那伟大时代的写照。"欲穷千里目，更上一层楼"，登高才能望远，这一哲理对人生有着极为重要的指导意义：人们要想成就一番事业，永远都需要一种"更上一层楼"的攀登精神；而只有"更上一层楼"，才能达到人生的最佳境界。诗中给予读者的这个启示，百代以来仍然有着新鲜的活力，因而使得这两句诗成为千古传诵的名句。

彭蠡湖中望庐山

孟浩然

太虚生月晕，舟子知天风。

挂席候明发，渺漫平湖中。

中流见匡阜，势压九江雄。

黯黮凝黛色，峥嵘当曙空。

香炉初上日，瀑水喷成虹。

久欲追尚子，况兹怀远公。

我来限于役，未暇息微躬。

淮海途将半，星霜岁欲穷。

寄言岩栖者，毕趣当来同。

━ 品读 ━

　　这首山水诗，气势磅礴，视野开阔而思绪跳跃。孟浩然为唐代山水诗派之先行者，诗风清幽平易。他一生布衣，喜爱漫游，东至大海，西至巴蜀，南至吴越，所到之处多留诗作。这首诗就是他漫游东南各地时途经彭蠡湖（即今鄱阳湖）所作。

　　人言"玩山色者，宜于遥看"，孟浩然之欣赏庐山，可谓是选取了一个极为理想的视角区域和最佳的时间。从湖上远望庐山，可以进行整体的观察，体味它的气势。同时，诗人还选择了一个月光朦胧的拂晓，在烟波浩渺的湖面上，由暗到明，由远及近，描绘出一幅随时空转换而变化形象的庐山全景图。

辽阔的天幕上，悬挂着一轮晕月，小舟在湖水中轻轻摇晃。撑船人将船儿停泊在夜色朦胧的湖面上。水波随着"天风"一层层涌来，更见彭蠡湖烟波茫茫之势。然而，在缓缓行进之中，远远望见庐山，山势巍峨，屹立于长江之滨，虎踞龙盘，"势压九江雄"，令人震惊。黎明之际，山色苍翠浓郁，一片青黛；随着一缕曙光的投射，庐山慢慢展露出它的雄姿；冉冉升起的红日，映照得山峰云蒸霞蔚，恍若仙境。此情此景，会让人联想起李白的"日照香炉生紫烟"的意境，还有那"飞流直下三千尺"的瀑布，喷珠溅玉在阳光下折射成七色彩练。

诗人由远而近，由整体而细部地欣赏了庐山秀色，更激起他向往自由、隐逸超脱的心事。孟浩然一生的大部分时间，除了漫游就是在故居襄阳过着隐居生活。庐山令他陶醉，更令他意欲追随前世隐士高僧的足迹，筑庐于匡阜，归隐于山水，只是俗务——漫游一时未了，不免使他心中难以割舍。因此，临别他还"寄言岩栖者，毕趣当来同"。

庐山，这处著名的风景名胜，曾叫多少文人骚客流连忘返，为之吟诗作赋，庐山之美也就有了浓厚的人文色彩。当读者来到庐山旅游，望那香炉紫烟、千尺飞瀑，见古人之所见，吟古人之题诗，感受那大自然的鬼斧神工时，一定会有不尽的惊喜与发现。当然，选择一个好时机、好角度来欣赏庐山，也是必不可少的。

望洞庭湖赠张丞相

孟浩然

八月湖水平，涵虚混太清。
气蒸云梦泽，波撼岳阳城。
欲济无舟楫，端居耻圣明。
坐观垂钓者，徒有羡鱼情。

━ 品读 ━

这首诗从表面上看是游洞庭湖而写的，其实饱含着政治目的，读来十分有味。

盛唐时期，由于政治较为清明，知识分子大都对前途充满希望，渴望用世之心人皆有之。不过，由于个性或其他原因，知识分子为达到参与政治的目的，各自所选择的道路又不尽相同。有的试图通过科举考试而步入政坛，如王维；有的希望通过漫游，造成很大名声，终至因此而被推荐入朝，如李白；有的则想用隐居的方式，让世人知道有一位"大隐士"，由此而提高自己在社会上的"知名度"，目的还是想做官。孟浩然属于后者。

孟浩然 40 岁以前，一直在故乡襄阳隐居，但他人虽隐居却诗名在外。40 岁时终于耐不住寂寞，离家赴京，寻求政治上施展才干的机会。这首《望洞庭湖赠张丞相》就是他写给张九龄的。写诗的目的当然是想让张九龄关注他、提拔他，但还是得含蓄一些，于是诗人便从洞庭湖的风光写起："八月湖水平，涵虚混太清。气蒸云梦泽，波撼岳阳城。"高秋八月，正是秋水浩渺的季节，洞庭湖水势滔滔，茫茫一片。那气势简直要包融天地，涵孕太空。南楚大地，云梦二泽，弥漫着洞庭湖的蒙蒙水气；那古老的岳州城，被洞庭波涛摇撼着，激荡着，大有山崩海啸之势。

面对如此浩瀚宽阔的湖面，诗人惊呼"欲济无舟楫"，没有舟、桨，怎能渡过这茫茫八百里洞庭？可是，倘若端坐不动，不思进取，又愧对这圣明的时代。无奈之中，诗人慨叹："坐观垂钓者，徒有羡鱼情。"眼看着别人垂钓，收获颇丰，真令人羡慕不已啊！

孟浩然的用心，明眼人一看便知。羡慕别人仕途通畅，他希望有人能给他一条船、一支桨，那么，他也就能在波涛汹涌的宦海中去拼搏一番了。张九龄与孟浩然因诗名而结交，他当然明白孟浩然的志向。但他是否给了孟浩然以"舟楫"，史无记载。但对于孟浩然来说，机遇曾降临过。据传说，孟浩然到长安后住在王维衙署之中，一天，玄宗皇帝突然驾临，孟浩然因是布衣百姓，不能朝见天子，便躲到王维桌案底下。谁知皇上发现了他，王维赶紧向皇上介绍说："这便是著名诗人孟浩然。"玄宗一听，"哦"了声，说道："你给朕上过书？不过，朕还是喜欢读你的诗。你有什么好诗，念给朕听听！"这本是一个千载难逢的好机会，谁知孟浩然慌乱之中只记得进京后所受的冷落，于是脱口而出："不才明主弃，多病故人疏。"皇上一听，骤然变了脸，恨恨地说："朕……朕何时抛弃过你？你自己隐居不出，声称不求官，不谋仕，为什么反过来诬赖我！"孟浩然、王维赶紧伏地请罪，可是等他们抬起头来，皇上早已拂袖而去。机遇就这样失去了，孟浩然便开始漫游，过起了真正的隐居生活，后世也因此才读到他的许许多多优美的山水田园诗。

"临渊羡鱼，不如退而结网"，羡慕别人的好运是于己无补的，生活中总会有机遇，关键在于自己能否善于把握。孟浩然留给今人的是意味深长的教训。

春　晓

孟浩然

春眠不觉晓，处处闻啼鸟。

夜来风雨声，花落知多少。

▨ 品读 ▨

　　孟浩然是唐代著名的山水田园诗派的开创者和代表人物，其诗意境清新，风格淡雅，犹如水墨画，淡而有味。这首《春晓》描写春雨之后清晨景物，更是家喻户晓的绝句佳作。

　　"春眠不觉晓"，春天的夜晚，人睡得很沉，不知不觉天就亮了。这句看似平淡，其实细品起来会发现其中韵味很足：假如作者不是一位隐士，而是为官作宦之人，早上能这么贪睡吗？不能。而只有将功名富贵置于身外，把自己融于大自然之中的人，才能尽情地享受"春眠"，才能感受"春眠不觉晓"的那种洒脱和愉快，这是高人雅士方有的情趣。当诗人醒来时，便听到屋外一片啾啾鸟鸣声，"处处闻啼鸟"，生机勃勃。而这幅百鸟啼鸣争春的画图的妙处，就在于皆是耳闻得来，让人们通过听觉形象再联想到视觉画面，显得十分含蓄。"夜来风雨声，花落知多少"，昨晚风吹雨打，有多少春花被摧落在地呢？而正因为昨夜的风雨声令诗人担心春花被雨打风吹去，故久久方能入睡，因而也才会有"春眠不觉晓"，惜春、恋春之情洋溢于字里行间。

欣赏这首诗，读者不妨结合陶渊明的"采菊东篱下，悠然见南山"去理解，也可以联系《三国演义》中写刘备三顾茅庐时，隐居隆中的诸葛亮高卧未起，醒来所吟的那首诗："大梦谁先觉，平生我自知。草堂春睡足，窗外日迟迟。"这首诗可以说是对孟浩然"春眠不觉晓"的最好注解。当然，在现代社会，除了退休的老人外，人们很少有时间"春眠不觉晓"了，尤其那些"上班族"，更难感受到这种洒脱和愉快。然而，忙有忙的快乐，闲有闲的情趣，只要做了自己喜欢做的事，又何尝不是一种满足呢？更何况，现在人们还可以趁双休日来体验"春眠不觉晓"的慵懒之乐哩。

宿建德江

孟浩然

移舟泊烟渚，日暮客愁新。

野旷天低树，江清月近人。

品读

这是诗人游历吴越时所作的一首山水小诗，被后世评论家誉为"神品"。

孟浩然虽然终生布衣，但生性达观、豪放。他喜爱漫游，足迹东至大海，西至巴蜀，南至吴越。他的风流潇洒，飘逸出尘，为当时诗人普遍敬慕，李白就曾赞他曰：

吾爱孟夫子，风流天下闻。

红颜弃轩冕，白首卧松云。

醉月频中圣，迷花不事君。

高山安可仰，徒此揖清芬。

正是有了这份超脱和恬淡，孟浩然才可能写出这么清新、幽静的山水诗，成为唐代山水诗派之先行者。

在漫游经过建德江时，天色渐暗，江上开始飘起薄薄的雾霭，于是诗人"移舟泊烟渚"，将小舟停靠在江中的小洲边。此时，夕阳慢慢西沉，江面上烟雾弥漫，略带凉意的江风轻轻掀动舟中人的衣衫。"日暮客愁新",诗人心中不禁涌起一种愁绪,那或是羁旅的乡愁,抑或是面对夕阳而起的人生如斯的惆怅,这突然袭来的感伤之情,使诗人心情倍加抑郁。

但举目眺望,诗人猛然发现了一幅如诗如画的江上晚景图:"野旷天低树,江清月近人。"在夕阳映衬下,天地之间如此空旷苍茫,近处几株江树直指天际,仿佛远处的天也显得低矮了。空阔的江面上晚风吹过,阵阵的涛声拍打着小舟。夜幕降临,一轮明月挂在湛蓝的天上,倒映在清澈的水中,与舟中人离得是这样近,似乎用双手就可以把它从水中捧起来。那明镜般的圆月在轻波中摇摇晃晃,散了又聚,聚了又散,仿佛在与诗人逗趣。

此江此夜,此情此景,怎不叫一生热爱大自然的诗人抛开一切的愁情烦事,把整个身心都投入到这如画的晚景中去?怎不叫读到这静美诗句的人们也心神为之澄净,为之涌起对大自然诗意的联想与热爱?

春泛若耶溪

綦毋潜

幽意无断绝，此去随所偶。
晚风吹行舟，花路入溪口。
际夜转西壑，隔山望南斗。
潭烟飞溶溶，林月低向后。
生事且弥漫，愿为持竿叟。

══ 品读 ══

这首诗大约是诗人归隐若耶溪（在今浙江绍兴东南）后的作品。相传此溪为西施浣纱处，水清如镜，照映众山倒影，窥之如画。诗人在一个春江花月之夜，泛舟溪上，自然会滋生出无限幽美的情趣。

"幽意无断绝，此去随所偶"，幽居独处，不与世事，放任自适，这种"幽意"支配着他的人生，不曾"断绝"。因此这次出游唯轻舟荡漾，任其自然。"偶"者"遇"也，随遇而安罢了。"晚风吹行舟，花路入溪口。际夜转西壑，隔山望南斗"，习习晚风吹拂着游船，船儿任凭轻风吹送，转入春花夹岸的溪口，恍如进入武陵桃源胜境，多么清幽，多么闲适！"晚"字点泛舟之时，"花"字合题中之"春"，看似信笔，实显用心。已到夜晚，说明泛舟之久，正是"幽意无断绝"。待行到西壑，正当置身新境，心旷神怡之时，抬头遥望南天斗宿，不觉已经"隔山"。"潭烟飞溶溶，林月低向后"，恰似淡绘夜景。隐约的溪面，在夜月下雾气朦腾，而着一"飞"字，将水色的闪耀，雾气的飘流，月光的洒泻，都写活了；夜深月沉，舟行向前，两岸树木伴着月亮悄悄退向身后。这景象是美的，又是静的。置身于这种幽美、寂静而又迷蒙的意境中，这位怀揣隐居"幽意"的泛舟人，此刻有何感受呢？"生事且弥漫，愿为持竿叟"，啊，人生世事正如溪水上弥漫无边的烟雾，缥缈迷茫，我愿效传说中的严子陵在富春江隐居垂钓，永作若耶溪边一位持竿而钓的隐者。这一感慨何其自然，由夜景清雅更觉世事嚣嚣，便自然追慕"幽意"人生。

人说綦毋潜"善写方外之情"，他那超然出世的思想感情给若耶溪的景色抹上一层孤清、幽静的色彩，却清幽而不荒寂，有一种不事雕琢的自然美，显得"举体清秀，萧萧跨俗"，并伴有恍惚流动，迷蒙缥缈，呈现出隐约跳动的画面，体现出兴味悠长的清悠意境，给人以轻松畅适的感受和美的欣赏。

"生事且弥漫，愿为持竿叟"，当今人生活得很累很累的时候，又何尝不会产生这样的想法？不过，时代不一样了，古人讲隐居，今人则讲闲适，如此而已。

次北固山下

王　湾

客路青山外，行舟绿水前。
潮平两岸阔，风正一帆悬。
海日生残夜，江春入旧年。
乡书何处达，归雁洛阳边。

— 品读 —

此诗是王湾登进士第后游江南、舟次北固山时所作。全诗情感基调豪放、明快，略带淡淡的乡思。

一夜行舟，诗人舟次北固山下时，正是旭日东升时分。旅途的劳累因这黎明的到来一扫而光，诗人的心情骤然开朗起来。他看到"客路青山外，行舟绿水前"——行舟正向眼前的绿水挺进，驶向青山，驶向青山之外他要到达的地方。"潮平两岸阔，风正一帆悬。"江水浩浩，又是春水涌涨时，放眼远眺，江岸似乎已经消失，只见浩浩荡荡一片春水；风顺而和，水稳且平，那帆垂直而挂，乘风慢进。诗人在此看到的是一幅视野开阔、江水浩荡、波平浪静的江景图。"海日生残夜，江春入旧年。"残夜尚未完全消去，一轮红日已从海中跃出，仿佛是从残夜中"生"出红日；旧年尚未完全逝去，这大江已露春意，仿佛是"春"将旧年赶走。对自然、时序的变化，作者用"生""入"两字，描绘了盎然的理趣。海日东升，春意拂面，纵舟于绿水，诗人意气风发。这时，却有一群北归的大雁掠过晴空，骤然勾起了诗人的乡思。雁儿将会经过我的故乡洛阳吧？"乡书何处达，归雁洛阳边"——雁儿为我捎个信，问候家乡亲人吧！

这首诗气势宏大，胸襟开阔，景物壮观，尽显盛唐气象。明代胡应麟《诗薮·内编》把"海日生残夜，江春入旧年"作为盛唐句的代表。诗人刚刚登进士第，漫游江南，不免有春风得意、舟行也健之感。在诗人笔下，也有乡思，但乡思与人的胸襟相比，只是淡淡的一抹。壮观的时代，得意的诗人，才能有这样的诗句，才能有这样的胸襟和气象。

鸟 鸣 涧

王 维

人闲桂花落，夜静春山空。
月出惊山鸟，时鸣春涧中。

＝品读＝

这首描写春山夜色的小诗，以动衬静，意境静谧而幽远，读来格外让人气定神闲。

在万籁俱静的春夜里，摆脱了一切人事烦恼的诗人，将整个身心融入大自然之中。他尽情地呼吸着春天山林中若有若无的芳香，似听见春桂花瓣落地的声音。"人闲桂花落"，是怎样的宁静与清幽啊，连夜色笼罩下静默的山谷都显得空灵缥缈起来，这真是"夜静春山空"。周围的环境是如此的静，静得那月亮出来时竟将渐已沉睡的山鸟惊醒了。"月出惊山鸟，时鸣春涧中"，在皎洁的月光下，鸟儿时不时发出鸣叫，这声音在月光辉映的山林中，清脆而悠远，愈发使春夜显得静谧而醉人。诗中，落花、月出、鸟鸣，以动写静，衬托出山涧的寂静，这与后来张继"月落乌啼霜满天"可谓有异曲同工之妙。

读者可以想象，在《鸟鸣涧》所描写的这样一个美好的时刻，你可以什么都不想，只在夜色中与山川同醉，与明月共眠。你也可以自由驰骋于心灵的天地，摆脱一切俗务与烦扰，让春山中宁静温柔的风吹拂去满身尘埃，换一身的轻松与惬意……

可以说，这首诗真正体现了休闲的意义。人只有在内心宁静、摆脱烦恼时才能有真正的"闲"——闲适、悠闲，不以物喜，不以己悲。现代人在追求一种更真实的生活方式，"回归自然，回归自我"，在紧张的生活节奏中要寻一份宽松的心境，于是便有了"休闲"一说，相应的更产生了"休闲茶座""休闲衫""休闲鞋"，不一而足。但这些又都是实实在在的"物"，而"物"的背后则是"利"。如此休闲，何闲之有？休闲，首先必须是"人闲"。人闲，才能"结庐在人境，而无车马喧"。也许，今人多少能从古人的怡情养性中获得某种启示吧。

田园乐（其六）

王　维

桃红复含宿雨，柳绿更带朝烟。

花落家童未扫，莺啼山客犹眠。

品读

王维的诗素以"诗中有画，画中有诗"的特点而为人喜好、赞誉，这首《田园乐》便是其典范之作。

这是一幅春日清晨的图画，看那"桃红复含宿雨，柳绿更带朝烟"，桃花艳红如火，一夜春雨洗浴之后，花蕊、叶间依旧余留着昨夜的雨滴，令桃花红得更亮丽、更晶莹。是桃花映红雨珠，还是雨水洗得桃艳？再看那柳丝新绿，朝烟轻漫，碧柳藏没于雾霭之中，如披薄纱，若隐若现。"花落家童未扫，莺啼山客犹眠"，春风落花，洒满台阶，家童懒怠，抑或因贪看景致，不曾打扫；窗外莺啼阵阵，欢闹不已，却惊不起睡意正浓高卧山林的诗人。其实，花落何须扫，落英如毯，似将春意铺满大地，若扫净，岂不大煞风景？客眠不必醒来，田园之乐，乐在梦中，若醒转，岂不扰乱悠闲的意趣？

王维此诗以清新、秀丽之句状写春景，于景中见其乐。四句诗或描桃红，或状柳绿，或写花落，或摹莺啼，色调、动感、声音，如此和谐，可谓诗意同春意正浓，诗韵如画韵绝佳。"花落家童未扫，莺啼山客犹眠"，使人不禁想起孟浩然"春眠不觉晓，处处闻啼鸟。夜来风雨声，花落知多少"。二诗虽有异曲同工之妙，但孟诗中所体现的动态美令人拍案称绝；而王维此诗则静谧深远，清新宜人，令人读后几欲置身于诗的意境之中。

山居秋暝

王　维

空山新雨后，天气晚来秋。
明月松间照，清泉石上流。
竹喧归浣女，莲动下渔舟。
随意春芳歇，王孙自可留。

— 品读 —

　　这是王维山水田园诗中的名篇。诗人以怡然而闲适之笔，描画了一幅无比恬静幽美、充满诗情画意的山居生活图景。画面清新自然，令人神往。

　　"空山新雨后，天气晚来秋"，一场秋雨洗去了浮尘，初晴后的山中显得更加清新、空灵和宁静。天色渐晚，阵阵秋风掠过，带起丝丝凉意，让山中的人感觉到秋季已然到了。诗人在山中的岁月是多么恬淡、从容，在秋高气爽的夜晚，经过秋雨的洗涤，天空更加蔚蓝，月儿格外皎洁。月光洒满苍翠挺拔的松林，清澈的山泉在石板上潺潺流淌，溪水在月光下闪着点点银光。

　　在这样美丽的山中，人们过着纯朴而快乐的生活。"竹喧归浣女，莲动下渔舟"，从竹林那边传来阵阵银铃般悦耳的笑语，那是天真可爱的少女们从溪边洗衣归来；一只只轻快的渔舟从田田的荷塘中穿梭而出，亭亭如伞的荷叶纷纷摇动，露出采莲姑娘优美的身姿和捕鱼小伙健壮的臂膀。这笑声、这身影使宁静的山中生活充满了盎然生机。

在山中，有这样幽美的景色，有这样勤劳可爱的人为伴，这里没有人情的冷漠与物欲的泛滥，人们心中涌动着对生活的热情，脸上洋溢着纯真开朗的笑意。生活在山中，可远离闹市的喧嚣与人心的倾轧，与山民为邻，生活何其安详。"随意春芳歇，王孙自可留"，春天的美丽虽已远去，山中的生活依然美好，值得人们留恋。

"明月松间照，清泉石上流"，这种至纯至美、不染一丝尘埃的意境，岂止是诗人所摹写的自然界景色的清幽与静谧，更是他对田园生活的理想描绘。读到这样的诗句，不仅能体会到令人心旷神怡、心魂为之纯净的自然之美，更能体味到诗人崇尚自然、超凡出尘的胸怀。今天，生活在钢筋混凝土筑造的城市森林里，为浮躁与膨胀的物欲所侵蚀的人们，见惯了被污染的空气、水域和生活空间，以及日渐消失的绿地树木，再来读王维的这首诗，怎不顿起"回归大自然"的强烈渴望？

山　中

王　维

荆溪白石出，天寒红叶稀。

山路元无雨，空翠湿人衣。

━ 品读 ━

这是一首描写初冬秦岭山色的小诗。诗虽小，短短二十言，却凝聚了王维这位诗画大家的艺术功力。

"荆溪白石出，天寒红叶稀"，诗人调动自己"体物精细"的"专业"感官，抓住水清天寒的主要特征，运用"状写传神"的笔调，在读者面前展现了一大幅天寒山色图：一条小溪从山中流出，又淙淙而去，嶙嶙白石显出水面。溪岸边的树枝上，叶子还未飘尽，仍带着几分秋色在寒风中摇曳。"天寒"而不觉寒意凄凉，"叶稀"而不觉萧瑟孤单。诗人沿溪走来，景物马上发生了变换，一片松柏郁郁葱葱，娇翠欲滴，走在这一片浓翠中间，诗人竟怀疑是翠色打湿了自己的衣裳，"山路元无雨，空翠湿人衣"。"空翠"怎能"湿人衣"呢？诗人的想象是奇特的，他想象翠浓而含水，浸润了漫山雾气，进而"湿"了人衣。这种亦真亦幻的感受，是视觉、触觉复合作用的结果，给人一种心灵上的快感，比任何其他言"翠"的琐碎词语更有说服力。全诗写得有声有色，有实感有幻觉，色彩鲜明，格调高扬，在王维的山水诗中并不多见。

今天的人们常常登高山以望远，以观景，以陶冶性情。身处巅峰，呼吸那清新湿润的空气，心中不觉舒畅万分，的确会有"山路元无雨，空翠湿人衣"的感觉，这是不入高山则体验不出来的。而对于足不出户或者饱受城市雾霾污染的人们来说，这种"空翠湿人衣"的地方不啻是一处仙境。读者在节假闲暇之日，何不去游览一二高山，吟诵此诗，亦是一种身临其境、飘然欲仙的享受。

终 南 山

王　维

太乙近天都，连山接海隅。
白云回望合，青霭入看无。
分野中峰变，阴晴众壑殊。
欲投人处宿，隔水问樵夫。

— 品读 —

　　终南山就是今人所熟知的秦岭，太乙是终南山的别名，而这一别名则使终南山更增添了一些道教的色彩，所以"太乙近天都"，山峰高得几乎接近天庭，也就不特别让人吃惊了。终南山雄浑壮阔，东西绵延八百里，远接海角。

　　而进得山来，山中景色更是变幻迷离。"白云回望合，青霭入看无"，诗人在山中攀行，云雾缭绕，白气氤氲，仿佛置身于云山雾海。往上走时，白云像是被穿破，而回身下望，白云又早已合在了一起。在茫茫云海中穿行，更是有了一股飘然仙气。而越往前走，那远看时缭绕升腾的蒙蒙青雾却又不见了。这样的山中景致，真如梦境一般似真似幻。山中的花草树木，奇石异鸟，都在云雾中隐去了真面目。

　　只有当诗人终于登上山的中峰，居高俯瞰，才"分野中峰变，阴晴众壑殊"。站在终南山的制高点中峰之上，感觉如同置身于星际分野处，山中的景色顿时明暗分明，清晰可见山的千沟万壑，千石万树。正所谓站得高则看得远，难识终南真面目，只缘身在此山中。

山中的景色使人陶醉、流连，寂静的山中空无一人，想找个有人的地方投宿也很难。终于诗人发现山涧那边有樵夫在砍柴，不禁喜出望外，有樵夫就可找到夜宿之处，明天就能继续游山了。

终南山中的景致如"白云回望合，青霭入看无"，都是日常生活中人们所不难遇见的，尤其是爬山登高之时。但谁又会想到要用如此简练神来之笔对它进行描画？只有用一颗宁静而对大自然充满热爱的诗心，再加上一双善于发现美的眼睛，才可写成这样的千古名篇。

汉江临泛

王　维

楚塞三湘接，荆门九派通。
江流天地外，山色有无中。
郡邑浮前浦，波澜动远空。
襄阳好风日，留醉与山翁。

━ 品读 ━

　　要想领略汉江的风光，非到襄阳不可；要想欣赏王维此诗的艺术，非懂绘画艺术不可。因为王维是以画家的眼光来观察汉江的景物，又以绘画的技法来表现它的。

　　先是一幅巨大的背景画："楚塞三湘接，荆门九派通"，画内画外都给读者留有极大的想象空间。那莽莽苍苍的古代楚国要塞，直接三湘大地；横贯其中的荆江（汉水），滚滚滔滔，直通长江九派。这画面是隐约的，又是移动的。渐渐地，背景淡出，又一幅典型的中国水墨画化入："江流天地外，山色有无中"。荆襄平原地势平旷，人在船上，由近处向远处看，但见江水在延伸，远处直流入天地相接的地方；而远山又如同一抹若隐若现的黛眉，令人捉摸不定。"山色有无中"是用淡到几乎看不见的墨痕轻轻涂抹而成。"郡邑浮前浦，波澜动远空"，是行船的感觉，也是一幅动态的画。前方的襄阳城，就像是浮在江面上，起落不定，若海市蜃楼；远处天空也像是被汉江的波澜摇撼着，如天宫仙境。

欣赏了这几幅美丽的画图，读者定会是涤怀荡胸，神清气爽，于是诗人又继续做"导游"，引导人们弃舟登岸，去游览历史名胜襄阳古城。"襄阳好风日，留醉与山翁"，当初晋人山简镇守襄阳时曾以流连山水、豪爽嗜饮而出名。今既胜地重游，亦不妨学一学山翁的潇洒，饮好酒，观好景，吟好诗。

游山玩水重在陶冶性情，获得美的享受，而要"游"出情趣，"玩"出韵味，也并不容易。它要求人们有一定的审美能力和文化修养，似此，"登山则情满于山，观海则意溢于海"。读山水诗亦如是。

使至塞上

王　维

单车欲问边，属国过居延。

征蓬出汉塞，归雁入胡天。

大漠孤烟直，长河落日圆。

萧关逢候骑，都护在燕然。

品读

《红楼梦》第四十八回写了一个有趣情节：香菱向林黛玉学诗，黛玉首先向她推荐《王摩诘全集》，王摩诘就是王维。黛玉说，先将王维的五言律一百首细心揣摩透熟了，再读杜甫、李白的诗。以此三人做底子，然后博取众家，便不愁不是"诗翁"了。可见黛玉对王维的诗推崇备至。后来香菱同黛玉谈论读王维诗的体会时说：

> 我看他"塞上"一首，内一联云："大漠孤烟直，长河落日圆。"想来烟如何直？日自然是圆的。这"直"字似无理，"圆"字似太俗。合上书一想，倒像是见了这景的。要说再找两个字换这两个，竟再找不出两个字来。

这里所谈诗句便是《使至塞上》中的名句，历来为读者所赞誉。

这首诗是王维以监察御史的身份到边塞劳军途中所作。

"单车欲问边，属国过居延。""属国"是古代中央王朝主管少数民族事务的官职名称，这里是王维自指。诗人奉诏，轻车简从独使边关，不知不觉已走过居延城这片荒凉之地。此时此境，诗人感觉如何呢？"征蓬出汉塞，归雁入胡天。"他自觉如同一叶蓬草，飘飘飞出大唐边塞；又似北归鸿雁，消失在西北荒漠。诗人这一怀乡关之思，抒发得那样真实、自然而无半点哀怨，因为边疆塞外的景象虽是惨然的，却又十分奇特，它深深地吸引着诗人。"大漠孤烟直，长河落日圆"，何其绚丽！更何况"萧关逢候骑，都护在燕然"，刚过萧关，侦察兵（"候骑"）便告知我军首长（"都护"）追击敌兵已经深入到敌巢燕然山。这军威又何其雄壮！

这首诗最耐人寻味的还是《红楼梦》中香菱提到的"大漠孤烟直，长河落日圆"两句，它告诉读者如何写景、如何赏景的诀窍。先说写景。香菱说"直"字、"圆"字不可换，正说明这两个字用得准确、形象。其实，岂止是香菱所说的这两个字，整联中十个字均不能一易！读者不妨细细揣摩：上句中，"漠"就是沙漠，不正是边塞所特有吗？以"大"来形容，更突出了荒漠的浩瀚和辽阔；"烟"即烽烟，边防报警独用，冠以"孤"字，显出战争环境之严峻；而以"直"字来状写"烟"，既真实可信，又富有浪漫气息，因为烽火报警时烧的是狼粪，其烟又黑又浓，冲天直上，显而易见。同时也因为大漠之中，荒旱无风，故狼烟直而不斜。再者，"直"字透出一种精神：其"烟"尚且直正，戍边之人那坚毅、挺拔的品格则更是可以想见。下句中，"河"乃黄河，源头正在西北边塞；"长河"

之"长",是因为大漠中没有别的景物,所以黄河给人以"长"的感觉;"落日"最为苍茫悲壮,适合表现边戍之事;而"圆"字既符合大漠长河处日落时无遮无掩的真实,也突出了作者的一种感觉。

以上乃写景的经验,就是选用最为精当的字来表现事物的形象。形要真,"真"到让读者"倒像是见了这景的";字要准,"准"到再找不出另外的字来"换这两个"。而读者从作者的写作中又可悟出赏诗、观景的诀窍,那就是:赏诗,要玩味每一个精当的字,从中领会诗的意蕴;观景,要领略景物之外的精神,这样才能真正获得生活的启迪和美的享受。

辛 夷 坞

王 维

木末芙蓉花，山中发红萼。
涧户寂无人，纷纷开且落。

▬ 品读 ▬

这是王维辋川组诗中的一首，它优美、恬适，描写自然之美几近极致。

"木末芙蓉花，山中发红萼"，"木末"本指树梢，芙蓉花（即诗题中之"辛夷"）的花苞生在枝条末端，形如毛笔，故称"木末"。山林中的木芙蓉，花苞绽放，一抹红色别样明丽。红色花萼静静地、缓缓地绽发，一声轻轻欢呼，终于全然展露，来汲取自然精华。"涧户寂无人，纷纷开且落"，溪涧丛林里，杳无人踪，安宁、空寂，那清幽绝俗的花儿纷纷开放，又纷纷凋落，年年如此，岁岁如此，辛夷花的美丽就这样无声地展现与凋零。忠实、客观、简洁，如此天衣无缝而蕴含哲理深意，如此幽静之极而又显盎然生机，令人心旌摇荡。

这便是王维过人之处，他在这里借辛夷花创造出耐人寻味、飘忽而又引人捉摸的意境。"涧户寂无人，纷纷开且落"，绚丽之极的美在无人注视中凋零，也在无人注视中再生，周而

复始。在空寂的涧户中却隐藏着美丽的"红萼"，美丽的生命，在这里勃发又归于平淡，让人产生淡淡的感伤，又隐隐透出某种禅机。当人们疲困于凡尘中时，吟诵此诗，也许会在心底生出一丝清凉，一种平淡却深邃的喜悦与满足。人生还有超越的境界，还有空灵的美丽。聆听大自然的声音吧！在"纷纷开且落"的运动里，"此中有真意，欲辨已忘言"……

鹿　柴

王　维

空山不见人，但闻人语响。
返景入深林，复照青苔上。

―― 品读 ――

　　王维晚年过着亦官亦隐的闲适生活。鹿柴（zhài，通"寨"）位于蓝田辋川，是王维排遣愁烦、消遣逸兴的必游之所，于是，就有了这首《鹿柴》诗。

　　"空山不见人，但闻人语响"，诗人徜徉于鹿柴，四周皆是高山低岭，不见一个人影，故而山谷显得十分空旷寂静。然而就在这弥漫无垠的空寂之中，仿佛有言语之声，隐隐地、丝丝地渗透，在山谷间回响。这是鸟啼还是蝉鸣？是虫唱还是诗人在低吟？就在这似有似无、若隐若现的流动之景里，诗人看到的是"返景入深林，复照青苔上"，"景"即"影"，是斑斑驳驳的叶影，更是透过深林密枝照射进来的日影，铺在石面的青青绿苔之上。这就是诗中描述的全部景物，没有野花野草，没有飞禽走兽，可是诗人捕捉到了为常人所忽视的细节：青苔上的叶影。这是空旷山谷中的一处小景，是宏大背景中的点睛之笔。正是这青苔上的影，便足令诗人吟哦不已，流连忘返……

在生活中，当人们游山玩水观风赏物之时，何不像王维这样及时捕捉住让人难忘的细小景致呢？像"返景入深林，复照青苔上"这句诗，以现代摄影眼光看，正是拍摄一幅晚霞夕照的一处特写。不如此细心，就不会有发现美的眼力，也就不能领悟大自然的美，更不能写出好的诗作来。

辋川闲居赠裴秀才迪

王　维

寒山转苍翠，秋水日潺湲。
倚杖柴门外，临风听暮蝉。
渡头余落日，墟里上孤烟。
复值接舆醉，狂歌五柳前。

品读

　　这首诗是王维晚年隐居辋川时与好友裴迪互相唱和之作。诗中极写秋日傍晚山中之美。山色苍翠，秋水终日潺湲；渡头已经冷清，落日即没，村中炊烟已袅袅升起。年事已高的诗人倚杖于柴门之外，听风中秋蝉长鸣。这时候，"复值接舆醉，狂歌五柳前"——裴迪又醉酒归来，在我这位"五柳"面前狂歌。诗的每一句都是一幅精美的画面："寒山苍翠""秋水潺湲""柴扉老翁""风中暮蝉""渡头落日""墟里孤烟""接舆醉酒"。画面的排列组合又使它们流动起来，宛如一组图像清晰、声音逼真的电视镜头特写。

　　诗中，诗人以五柳自比，把裴迪比作接舆。接舆是春秋时期楚国的隐士，见世事无常，便佯狂醉酒。有一次，他见到四处游说自己政治主张的孔子，便唱道："凤兮凤兮，何德之衰也！往者不可谏，来者犹可追。已而已而，今之从政者殆而！"意思是说，你这个自命不凡的凤鸟呀，运气为什么这样不好呢？已经过去的事是无法挽回的了，但未来的事却还来得及改。算了吧，算了吧，今天的统治者快完啦。所以，接舆是一个能透彻领悟社会现实的历史人物形象。五柳则指东晋隐士陶渊明，陶渊明曾自称五柳先生。诗人在这里以接舆、五柳作比，表达了他愿同古人一样超然物外，与友人同享隐居之乐的意向。诗人在晚年被迫失节于安禄山叛军，一时豪情尽失，索性归隐于本就钟情的山水，在辋川筑别墅而居，每日"行到水穷处，坐看云起时。偶然值林叟，谈笑无还期"，深得隐居之乐。

大凡名士归隐，不外乎两种动机，一是想走所谓"终南捷径"，以隐居博取声名，从而进入仕途；一是真隐。真隐者又多因仕途、功名失意而隐。如王维，则是得意时为儒家，积极进取，奋发有为；失意时信佛老，清静无为，世间人知其不可为而为者毕竟少矣。

读这首诗要领会作者隐居之乐，而作者隐居之乐在于山水之间；倘如此，读者就做到了"乐其乐"而倍尝读诗之乐了。

望天门山

李　白

天门中断楚江开，碧水东流至此回。
两岸青山相对出，孤帆一片日边来。

品读

　　李白一生遍历名山大川，见多识广，胸襟宏阔。这首诗是他行至今安徽当涂境内时，为眼前突现的壮景所感而脱口吟成，诗中溢荡出雄风豪气，读后令人振奋不已。

　　"天门中断楚江开，碧水东流至此回"，滚滚长江，浩浩东流，势不可当，忽遇天门山横路相截，江水青碧映山色，在山前迂回盘旋，似欲西回，却毅然冲断山脉，如斧劈门开，奔腾而去，不可阻遏。"两岸青山相对出，孤帆一片日边来"，山为江破，唯余两座青山，更显险峻。对于行船来说，两座青山巍然对峙，如同夹岸而出；一叶孤舟扬帆疾驶，舟行处，红日映江，孤帆一点恰如从日边驶来。整首诗便是一幅完美的画卷：江水奔涌，遇崇山而回旋激荡，忽似冲破青山的阻拦，如脱缰野马，奔腾而出；天门山则从中轰然断裂，一分为二，夹峙两岸。江流、高山，一动一静，一流一峙，一灵一壮，一柔一刚，形成画面大背景。更有那日色铺江，金轮下一片孤舟从天边扬帆疾驶，激起整个画面跟着一齐运动，这便是大自然与生命的灵性所在。

大自然是美的，但要真正领略它，则首先需要欣赏者自己有美的情思。李白这首诗用大手笔尽写山河之壮丽，动中含静，静中又有豪情流动不已，不能不令读者叹服诗人是真正的艺术大师。

独坐敬亭山

李　白

众鸟高飞尽，孤云独去闲。
相看两不厌，只有敬亭山。

---品读---

　　此诗描写了诗人独坐敬亭山，欣赏山中景色，与大自然融为一体的情趣。

　　李白一生以大鹏自喻，有着强烈的社会责任感，但他同时又是一位不愿"摧眉折腰事权贵"的正直诗人。他热爱大自然，足迹踏遍祖国名山大川，写下了大量寄情山水的诗作。他所游览、所赞美的山很多，但"相看两不厌"的，"只有敬亭山"。

　　敬亭山，在今安徽宣城境内，高约千米，风景极为秀丽，也是李白极为景仰的六朝诗人谢朓所喜爱的山。李白曾在一首诗中写道："我家敬亭下，辄继谢公作。相去数百年，风期宛如昨。"

　　诗人独自一人，与敬亭山相对而坐。"众鸟高飞尽，孤云独去闲"，天上的鸟儿都远走高飞不见了踪影，那一朵闲散的云也飘呀飘，慢慢消失了，只有诗人还久久地坐着，看着山中的景色，渐渐地与山融为一体，"相看两不厌，只有敬亭山"

啊！"相看两不厌"，把敬亭山之美以及吸引诗人不忍离去的独特之处体现了出来；敬亭山仿佛有了人情味，它似乎与你脉脉相视，明白你的心思，懂得你的感受，因而这美就更令人觉出温暖和可亲可近了。

古人云："游胜地者，不忍遽别。"不同凡响的敬亭山，自然叫诗人难以割舍。这种热爱大自然、陶醉于大自然的情趣，须有一颗赤子之心方可体味。人们游山玩水，将心身陶醉于大自然的美景之中，除了欣赏之外，更要用心去体验，将自己和大自然融成一体，才能"相看两不厌"，从而更加激起对大自然、对生活的热爱之情。

望庐山瀑布

李　白

日照香炉生紫烟，遥看瀑布挂前川。

飞流直下三千尺，疑是银河落九天。

━ 品读 ━

作为诗人，李白的一生是漫游的一生，或者说，是流浪的一生。他的足迹曾遍及大半个中国，并写下许许多多歌颂祖国大好河山的壮丽诗篇。《望庐山瀑布》就是诗人游览庐山时所作。

此诗极富浪漫主义气息，充满了对大自然神奇伟力的崇敬与歌颂。"日照香炉生紫烟"，蓝天白云之间，庐山西北角的香炉峰高耸矗立；阳光照耀，紫雾蒸腾。翠峰幽木，云烟盘旋缭绕，平添一种梦幻般的色彩。诗人攀香炉峰，峰回路转，眼前忽然一亮，"遥看瀑布挂前川"，银白的瀑布从高山顶垂挂下来。一个"挂"字，顿将那种流动的感觉凝固，如照相机所摄的一个镜头，如画面在脑海中快速一闪，使瀑布出现的突兀、山崖的峻峭毕露无余。但见那瀑布"飞流直下三千尺"，从山与天相接处飞涌而出，一泻而下，来得神奇，来得迅疾。通过第一句幽远神秘之静境的活化，通过第二句的过渡与缓

73

冲，诗人极自然地挥毫，大笔刻画瀑布的动态。这磅礴的气势，真当"疑是银河落九天"。诗人若单写景致，未免枯燥，但加上人与自然的相互感应，自然景物便形神兼备，丰富传神。这个"疑"字自有道理，这个"银河"别有意象。一者瀑布与银河同为洁白；二者银河从九天而来，与瀑布之"三千尺"有同样的效果。

这首诗是历代咏庐山瀑布的最佳之作，直可目为神品。而且，太白诗思出神入化，其独到处是任何人模仿不来的。晚唐有一位诗人徐凝，也曾写过一首《庐山瀑布》，道是"虚空落泉千仞直，雷奔入海不暂息。千古长如白练飞，一条界破青山色"，虽非上乘之作，其意境倒也不俗。但此诗却遭宋代苏东坡的讥讽，苏氏作打油诗云："帝遣银河一派垂，古来惟有谪仙词。飞流溅沫知多少，不与徐凝洗恶诗！"语言刻薄，但批评徐凝抄袭李白诗歌构思，却准确中的。

黄 鹤 楼

崔 颢

昔人已乘黄鹤去，此地空余黄鹤楼。

黄鹤一去不复返，白云千载空悠悠。

晴川历历汉阳树，芳草萋萋鹦鹉洲。

日暮乡关何处是？烟波江上使人愁。

品读

　　崔颢的这首《黄鹤楼》，是历来咏黄鹤楼诗中最广为人知的作品。关于黄鹤楼，传说仙人子安曾乘鹤过此，又传说费祎在此驾鹤登仙。于是诗人从"黄鹤楼"名称的由来入手擒题："昔人已乘黄鹤去，此地空余黄鹤楼。"古时的仙人已乘鹤归去，此地唯剩一座供今人登览的黄鹤楼。但黄鹤早已飞走不再返回，千百年来，只有黄鹤楼上空片片白云悠悠飘流。"黄鹤一去不复返，白云千载空悠悠。"传说终为传说，难以再寻回它的真实，只有眼前的这座名楼才可向人诉说沧海桑田。这一种类似于陈子昂"前不见古人，后不见来者"的历史苍茫感，这种寂寞惆怅之情，这一"宇宙无穷，人生有限"的喟叹，发人深思，让人回味。一番回顾一番感叹之后，诗人一转笔锋，写登楼所见眼前之景：晴空万里，满眼空阔。汉水静静融入长江，又随江涛滚滚东去。隔岸的汉阳城，绿树成荫，历历在目。鹦鹉洲上，芳草繁茂，碧绿如茵，这正是"晴川历历汉阳树，芳草萋萋鹦鹉洲"，一幅壮美的长江风景画图！登楼怀古览胜，不免触景生情，很自然地涌起了强烈的乡愁："日暮乡关何处是？烟波江上使人愁。"在这夕阳西下之时，何处是家乡？楼前大江东流不息，暮霭轻烟，更添愁绪。这景，这情，应了前两联的世事苍茫之感，再加日暮时分，烟雾如缕缕愁丝，正是旅人抒发思乡的独特环境。

此诗意境雄阔而深邃，是历代写景诗中的名作，影响极为深广。相传李白登黄鹤楼时，原拟也写一首歌咏之作，但当他读到崔诗后，只云："眼前有景道不得，崔颢题诗在上头。"乃敛手搁笔，无作而去。但李白诗心有所不甘，后游金陵凤凰台时着意写了一首《登金陵凤凰台》，诗曰：

凤凰台上凤凰游，凤去台空江自流。

吴宫花草埋幽径，晋代衣冠成古丘。

三山半落青天外，一水中分白鹭洲。

总为浮云能蔽日，长安不见使人愁。

诗论家们都认为有模仿之痕，其影响终不及《黄鹤楼》。足见名作之所以有"名"，乃其独特的思想艺术特征所决定，他人如无创新的构思，是模仿不来的，虽艺高如李白，又何能例外？

行经华阴

崔 颢

岧峣太华俯咸京，天外三峰削不成。
武帝祠前云欲散，仙人掌上雨初晴。
河山北枕秦关险，驿路西连汉畤平。
借问路旁名利客，无如此处学长生。

品读

这是诗人前往京城长安途经华阴时所作的一首写景抒情诗。华阴是当时由河南进入长安的要道，诗人过华阴时，正好雨过初晴，这一带的风景名胜都露出清新壮美的面目。

"岧峣太华俯咸京，天外三峰削不成"，太华即西岳华山，山势险峻，高耸入云，势压京都，而它的三座峰"玉女""芙蓉"和"明星"，更是如刀劈斧削般挺拔高直，从天外而降。雨歇之后，武帝祠前青云弥散，渺渺茫茫，而华山最陡峭的一座高峰"仙人掌"经过雨水的洗刷，在阳光照耀下更是一片苍翠壮丽。

放眼望去，滔滔的黄河与高耸的华山映衬得秦关更加险峻，而与另一古迹汉畤相连接的驿路更是宽畅平坦。游遍这么多名胜古迹，看够大自然如此壮美崇高，那些在驿路上往来奔波、追名逐利的行人，难道会不心动，难道不为这些美景所感动，从而摆脱名利的束缚，寻求另一种飘逸出尘的生活方式吗？"借问路旁名利客，无如此处学长生"，大自然的美景，能给人以启迪，陶冶人的心灵，这大概就是造物主的本意吧。

华山天下闻名，当人们来到华山脚下，抬头仰望那"天外三峰"，如果再吟诵"岧峣太华俯咸京，天外三峰削不成"，"河山北枕秦关险，驿路西连汉畤平"这等优美的诗句，那么，人们定会在对华山的了解与热爱之中，增加几分诗情、几分画意。

钓 鱼 湾

储光羲

垂钓绿湾春，春深杏花乱。
潭清疑水浅，荷动知鱼散。
日暮待情人，维舟绿杨岸。

— 品读 —

　　这是一个美丽的故事：一个小伙子在钓鱼湾垂钓，他钓鱼是名，实是等待自己的意中人。不是吗？"垂钓绿湾春"，"春"字便透露了爱情的信息。而爱情的背景又是如此美妙：钓鱼湾中，水清见底，"潭清疑水浅"，是一个美丽的错觉。潭中的荷叶已经长出肥厚的绿叶，荷叶颤动，知是水中鱼儿游戏。"荷动知鱼散"使人想起汉乐府民歌《江南》："江南可采莲，莲叶何田田，鱼戏莲叶间。鱼戏莲叶东，鱼戏莲叶西，鱼戏莲叶南，鱼戏莲叶北。"诗中的鱼儿与莲荷的相依相戏，正是爱情的象征。钓鱼湾的岸边，杏花花瓣飘飘洒洒，纷纷扬扬，正是"春深杏花乱"的时节。杏花飘落在小伙子的头上、肩上，他一任它去。他期待着，从清晨到傍晚，"日暮待情人"。"情人"是否赴约？诗人没有写明，大概是爽约了。但这位垂钓者却依然那么执着："维舟绿杨岸"，他把渔船系在岸边，他将继续等待。

诗中的"情人"也许另有寄兴，功名的期望？事业的目标？也许是，也许不是，但我们还是当作爱情来解读，因为这样更为美丽，正如清代一位评论家所言，对于欣赏诗歌，有时"作者未然，读者何必不然"。

这同时又是一幅描绘钓鱼湾的美丽画图。请看：钓鱼湾，绿色的湾；钓鱼湾，杏花湾；钓鱼湾，莲荷湾；钓鱼湾，绿杨湾；钓鱼湾，浅水湾；钓鱼湾，游鱼湾。钓鱼湾那美丽的色彩，令人赏心悦目：浅碧、翠绿、深红、粉红，相映生辉，美不胜收。

啊，令人追寻、向往的钓鱼湾，那是春的湾，那是爱的湾……

逢雪宿芙蓉山主人

刘长卿

日暮苍山远，天寒白屋贫。
柴门闻犬吠，风雪夜归人。

品读

诗人远行在外，遇雪借宿于芙蓉山一位山民家中。

"日暮苍山远"的感觉，只有旅行过的人才会有真切的体味：一整天的长途跋涉，疲劳困顿，急于找一处可以歇脚的地方而不可得，所以倍觉山路遥远；日暮天晚，倘若找不到住处就得露宿，而露宿是不堪设想的，所以愈觉"苍山远"；风雪陡起，饥寒交迫，急于解决"温饱"问题，因而更觉脚下的路太"远"。好不容易才发现山中一座小屋，却是"天寒白屋贫"。天虽寒，这户人家更为贫寒：几间茅屋，破败的柴门，暂且借宿一夜吧。

诗人投宿于白屋，因条件过于简陋，或因严寒难耐，竟久久难以入睡。恰逢此时，"柴门闻犬吠，风雪夜归人"，只听一阵狗叫过后，有人打开柴门，迎接夜归的主人。

"风雪夜归人"一句，已叫千余年来的读者击碎唾壶，玩赏不尽。它的艺术魅力就在于：这情景全是"听"来的。诗人在陌生的环境中辗转反侧，忽听外面"汪汪"狗叫，家人开门，家人与归来的人对话，从对话中，诗人知道是这家晚归的主人。

这完全是一组活动的电影镜头，将千余年前的那一幕展映在读者眼前，最终定格为一幅"风雪夜归人"的画面，让人揣摩，令人赞叹。

早 梅

张 谓

一树寒梅白玉条，迥临村路傍溪桥。
不知近水花先发，疑是经冬雪未销。

品读

　　此诗寥寥数笔勾画出早梅的形象，表现了梅花傲霜斗雪的品格，形神兼备，看似平淡而韵味悠长。

　　"一树寒梅白玉条"，天寒地冻，百花皆凋，一树寒梅却独自开放，花缀满枝，远望如条条白玉。以"白玉"喻"寒梅"，表现了早梅冰清玉洁、绰约动人的风姿。"迥临村路傍溪桥"，寒梅开放在横跨清溪的小桥边，远离人来人往的村路，孤芳自赏，好似隐逸高士，远离尘嚣，自爱孤独。

　　"不知近水花先发，疑是经冬雪未销"，先疑为雪，后始识梅。诗人乍疑还惊，可见梅开之"早"；近水先发，是寒梅早放的原因，也暗寓着生活的哲理。所谓"近水楼台先得月"，此处是近水寒梅花先发。

　　从诗中我们可以看出，诗人先是在远离河边溪桥的大道上，望见一树白玉。他还以为是冬雪未化，挂在枝头。待他渐渐走近，却发现是一树怒放的早梅。梅色似雪，又在雪中怒放，梅雪相映，不易分辨，朦朦胧胧，所以诗人才有如此之感受。
在诗人的欣赏过程中，景物由朦胧到清晰，最终定格为生机盎
然的早梅图，他的心情也由疑转惊。生活中不乏这样的现象：
乍见美好的事物，往往用"真不敢相信自己的眼睛"来描述心
中的惊喜，其实就是这种由疑而惊的感觉。

望 岳

杜 甫

岱宗夫如何，齐鲁青未了。

造化钟神秀，阴阳割昏晓。

荡胸生层云，决眦入归鸟。

会当凌绝顶，一览众山小。

品读

这首诗是 24 岁的杜甫北游齐赵时所写。此时的杜甫正值年少志高，意气风发，而《望岳》一诗则尽情抒发了他胸中的无限豪情，历来被诗评者所推崇。

诗人登上泰山，眼前情境顿然开朗。"岱宗夫如何，齐鲁青未了"，泰山号称"岱宗"，却是一番怎样的景观呢？只见它横亘于齐鲁大地，青郁连绵，了无断绝。这般神奇，这般秀美，必定凝聚了大自然造物主所有的灵气才能化成呀！果然是"造化钟神秀"。而日光照射，山北阴暗，山南明亮，"阴阳割昏晓"，判若白天、黑夜之别。诗人站在雄伟的泰山之上，感觉自己顿然变得十分高大，"荡胸生层云，决眦入归鸟"，云潮汹涌，山风呼啸，撞击着诗人的胸怀，令他那一腔激情也随之汹涌澎湃；所有的景物尽收眼底，连天晚归林的飞鸟也映

落在诗人的眼中，显得如此渺小。可诗人临风高呼："会当凌绝顶，一览众山小。"他还要攀上绝顶巅峰，在那里，看所有的崇山峻岭也在他面前变得更加渺小。多么奇伟的景色！多么博大的胸怀！

《望岳》是我国古代诗歌中吟诵率较高的一首诗，人们在品读此诗时，除了感受到泰山之雄外，更多的是被诗中那种"会当凌绝顶，一览众山小"的胸怀所激动、所感染，因为这既是盛唐时代精神的概括，也给人们留下很深的启示。无论是人生还是事业，都有境界高低之分。境界低者，整日庸庸碌碌忙乱于世务之中；而境界高者，却可以将这些看似平凡的世务与国家、与人民相联系，这便是"绝顶"，所以能"一览众山小"，那些庸俗、肤浅的想法和念头，在这"泰山"面前显得是多么渺小啊！所以，在这个社会里，不要在意职业的贵贱，地位的高低，权力的大小，身份的尊卑，只有境界的伟大与渺小，才能衡量一个人价值的大小。

房兵曹胡马

杜 甫

胡马大宛名，锋棱瘦骨成。

竹批双耳峻，风入四蹄轻。

所向无空阔，真堪托死生。

骁腾有如此，万里可横行。

══ 品读 ══

这首诗极赞房兵曹胡马的神峻不凡以及它纵横驰骋、冲破一切险阻的气魄，也是年轻诗人豪气万丈的写照，是一首咏物言志诗。

大宛是古代西域的一个国家，以产"汗血马"著称，据说汉武帝通西域的一个重要原因就是因为特别喜爱大宛产的宝马。而房兵曹的这匹来自大宛的胡马，从其外表、气质上无一不具备宝马的神韵："锋棱瘦骨成"，一眼望去就非同凡俗，它的外形状如锋棱，一身瘦骨，透着它的快如奔雷的敏捷与矫健。"竹批双耳峻"，它的双耳如用刀劈出来的竹匕一般坚挺有神，它奔驰之时，"风入四蹄轻"，就如闪电、疾风般迅忽与轻捷。

在古人眼中，马远不止是一种交通工具或杀敌的辅助手段，更是与主人前途、命运关系密切的有灵性的伙伴，一种似畜似神灵的动物。因此选择马匹是一桩十分重要而且大有讲究的事，有所谓相马术、相马专家如伯乐等。好马可分为三种，上等宝驹不仅具有一切好马的优点比如矫健、勇敢、强壮、速度快、耐力好等，更需具备对主人的绝对忠诚，它须分辨出真正的英雄，与主人心灵相通，危难之时不惜牺牲自己以保护和帮助主人；而三等者在关键时刻则可能会背叛主人。这一切都可从马的容貌、外形、颜色等看出来。《三国演义》载：刘备的坐骑"的卢"是一匹宝马。眼下有泪槽，额边生白点，一般的人骑它不得，骑则妨主，唯对刘备忠心耿耿。这当然是小说家言，当不得真，却也说明中国古代有赋宝马以灵性的文化传统。

看房兵曹的这匹胡马，是如此神清骨峻，它能够"所向无空阔"，纵横驰骋，冲破一切险阻，这样的马当然"真堪托死生"，能与主人一起出生入死，所向披靡。有了这样的宝马，它的主人就"万里可横行"了。骑上它，冲锋陷阵，叱咤风云；有了这样的好马，可以大展宏图，建功立业。

写成这首诗时，杜甫正当青年，雄心勃勃，志趣高远。赞马亦是抒发自己蓬勃向上的情怀。有为的青年，谁不想在大好的时机驰骋疆场、保家卫国、建立功勋呢？

绝句二首（其一）

杜　甫

迟日江山丽，春风花草香。

泥融飞燕子，沙暖睡鸳鸯。

品读

　　杜甫历经颠沛流离，在"一岁四行役""三年饥走荒山道"之后，终得朋友相助，暂时定居于成都草堂。这首五言绝句即是描写草堂附近浣花溪一带的春景。

　　在诗人的笔下，浣花溪附近的春景是一幅温馨、浓抹的画面。"迟日江山丽"，春日迟迟，普照大地，溪水清清，山野清秀明丽；"春风花草香"，骀荡的春风吹来青草、鲜花的清香，令人心旷神怡。春日、春风、溪水、花草，这是诗人笔下画面的大背景。在大背景下，是具体生动的细节——"泥融飞燕子，沙暖睡鸳鸯"。冻土初融，归来的春燕飞来飞去，正衔泥筑巢；溪边沙洲上，温暖的阳光晒暖了沙子，成双成对的鸳鸯不愿错过这美好的春天，在沙洲上静睡享受，沐浴在灿烂的阳光中。衔泥筑巢的燕子，悠然自得的鸳鸯，动静结合，与春日、春风、青草、鲜花构成的明丽背景和谐一致，又是其中灵动的细节。

　　诗人笔下的景物，在万象纷呈之中显现出愉快、动人的和谐。这种和谐给人们朦胧的悠游舒适之感，进而对诗人笔下的景物生发亲昵和爱怜。就诗人而言，他在长期的飘泊之后，终能暂得栖身之地，所以能描绘出初春时节生机勃勃、欣欣向荣的春景，表现出自己难得的安适心情。日常生活中人们常常会有类似的体验，从痛苦的心境中终于解脱出来，在紧张的拼搏后突然放松，或者经过艰苦的努力终于完成了一项任务，这时那些心情紧张时视而不见的景物，会突然变得特别美丽、特别可亲；这时人的快乐与自然景物交融在一起，说不出来，道不明白，正像诗人一样，虽没有直接抒发自己的安适，但诗中景物的综合形态却已经告诉了我们一切。

水槛遣心二首（其一）

杜　甫

去郭轩楹敞，无村眺望赊。

澄江平少岸，幽树晚多花。

细雨鱼儿出，微风燕子斜。

城中十万户，此地两三家。

— 品读 —

　　诗人杜甫在成都郊外结一草堂，经一番修葺，足以栖身。常年飘泊不定的杜工部此刻立于草堂边的水亭上远眺，能不生一怀感慨？

　　"去郭轩楹敞，无村眺望赊"，此地远离城郭闹市，只有门廊立柱坐落宽敞；鸡犬之声亦不多闻，村落少有，倒可放眼瞭望而绝无遮拦。远方何景？"澄江平少岸，幽树晚多花"。清澈的江水春来稍涨，将要平湮堤岸；长在幽深微暗处的林木值此季节正有繁花点缀。此地风景独佳，更有"细雨鱼儿出，微风燕子斜"，雨丝纤纤，逗得鱼儿浮出水面嬉戏：戏水，戏雨，也戏这一番景致；娇小的春燕借着熏风，斜掠过空中，留下一条飘逸俊秀的弧线。水中的鱼儿，空中的飞燕，互为映衬，整个世界如同一幅画卷，无"春"字而春意尽现：春来江水初涨，可见稍稍平岸；春来万物复苏，方有绿木多花；春来微雨蒙蒙，引得鱼儿出水；春来好风借力，得见燕子斜飞。此情此景惹动诗人一怀逸兴，醉而忘返。这是多么难得的休闲，"城中十万户，此地两三家"，何其明显的对比。脱离了十万人家的城市喧嚣与俗务的纠缠，而在这片只有两三村户的"桃源"中享受自然，真是其乐融融，大有"采菊东篱下，悠然见南山"之雅趣。

　　杜甫所描绘的这种恬静悠闲的世外风景，若无幽雅高洁之心则不能赏。诗人新居草堂，加上一种轻松的心境与他丰富、独到的艺术情思，使这首诗让人读来如睹斯景，如会斯情，更引人神思飞动。当然，杜甫此时虽去郭远市，但他仍忘不了"安得广厦千万间，大庇天下寒士俱欢颜"的吟叹。可见消遣不是为了逃避，而是怡情养性，陶冶心志，不应仅为些许失意而将自己抛在深山；居深山而心系天下，如杜甫者，才是圣人情怀。

绝句四首（其三）

杜 甫

两个黄鹂鸣翠柳，一行白鹭上青天。
窗含西岭千秋雪，门泊东吴万里船。

品读

杜甫是个历经沧桑而又忧国忧民的爱国诗人，他的诗多讲述国难民艰，抒发悲天悯人之忧思。一般主题肃重，内涵深厚。而这首绝句却给人以欢快、明丽之感，可见为诗自当不拘一格。

安史之乱平定后，杜甫得知好友严武入朝无事，将平安回成都就职，就先回到成都草堂，静候佳音。时值冬去春来、万物复苏之际，杜甫站在草堂里倚窗望去，一派春意盎然、生机勃勃的景象，诗人自然抑制不住兴奋之情、欣喜之色，于是记下所见所闻。

"两个黄鹂鸣翠柳，一行白鹭上青天"，刚刚吐出新绿的柳枝上，两只黄鹂跳跃着，嬉戏着，发出清脆的鸣叫，烘托出喜气洋洋的气氛。一碧万里的天空中，一行白鹭在翱翔。近处听到鸟雀欢唱，诗人喜上眉梢，远处又见空中色彩鲜亮，无遮无拦，一望无际的祥和、平静之景。诗人此时才有心情放眼眺望，但见"窗含西岭千秋雪，门泊东吴万里船"，西岭上几千年不化的积雪清晰可见，仿佛是嵌在窗上的一幅"远山雪景"图，美得让人赞赏不已。诗人心情愈发欢快，好不容易盼到云开雾散、冬去春来，与朋友、亲人分离而不得音信的痛苦总算过去了。不知不觉诗人走到门前，注意到江中停泊的船只，那是千里迢迢将驶往东吴的船，看来长江航道畅通无阻，再无战乱时兵荒马乱、交通阻隔、杳无音讯的现象了。朋友将乘船归来，乱世逢生，久别重逢，感慨万千，而自己也可以乘"万里船"返乡告慰牵肠挂肚的妻儿，一想到"青春作伴好还乡"，诗人更是喜不自禁，此情此景怎不让人心醉呢？

　　诗虽是写景诗，一远一近，错落有致，可每一景每一物都表现了诗人喜悦的心情，草堂春色融入诗人的情感，愈发显得生动活泼，美妙无比。而美景如斯，在诗人笔下以平白、通俗的语言中表现出来；诗人的情感也融在这短小精悍的诗句中，千百年来为人们所吟哦、传唱。

春夜喜雨

杜　甫

好雨知时节，当春乃发生。
随风潜入夜，润物细无声。
野径云俱黑，江船火独明。
晓看红湿处，花重锦官城。

品读

　　这是一首春夜观雨、赏雨、吟雨、赞雨的名作，表达了作者在春雨来临时的喜悦之情，充满诗情画意，是杜甫50岁时在成都郊外的浣花草堂所作。浣花草堂位于浣花溪畔，其地风景奇丽，如杜甫诗中所写："窗含西岭千秋雪，门泊东吴万里船"。结束多年漂泊与流浪的生活后，杜甫终于得以在此修建草堂定居。因成都地处偏远，战火尚未燃及，且这里土地肥沃，得天独厚。杜甫在草堂周围开荒种地，广植竹桃及果树，"老妻画纸为棋局，稚子敲针作钓钩"，诗人陶醉在大自然的美景与和平之中，心情畅适，所以此时的他才会有如此轻松喜悦的心情，在春夜细细地听春雨落地，望田野夜色，看雨后春景。
　　春天正是花儿含苞、万物生长的季节，需要雨水滋润。于是，"好雨知时节，当春乃发生。随风潜入夜，润物细无声"。

那春雨恰似善解人意，随着轻风，在静谧的春夜里悄然而至，无声地滋润着大地万物。这样的雨，令诗人欢喜、赞叹。这"好雨"到来的时间，它的行踪，它的温柔与谦逊，都是诗人所见所感。这个时候，诗人是隔窗观雨，还是站在屋外任细细的雨珠清凉地滋润着他的鬓发，沾上他的衣襟，读者不得而知，但字里行间所透露出的诗人对春雨的赞美，对春天万物生长的喜悦，却是处处可感的。

诗人放眼野外，"野径云俱黑，江船火独明"，天地之间一片漆黑，只有江面上星星点点的渔火闪烁着温柔的红光。待到清晨，"晓看红湿处，花重锦官城"，阳光照耀之下，被称为"锦官城"的成都，已是繁花似锦，红艳艳的花朵被春雨滋润得那么饱满浓丽，鲜艳欲滴。比起李清照《如梦令》中"昨夜雨疏风骤"，"应是绿肥红瘦"那种雨打花残的景象，杜甫笔下的春雨是好雨催花。春雨中，田野禾苗生长，万木复苏，百花竞放。这样的雨，怎不叫诗人由衷喜爱？

"随风潜入夜，润物细无声"，夜雨无声，脉脉绵绵，却蕴含着造化发生之机。今天，人们往往以这两句诗来赞美那些呕心沥血、默默奉献自己的人民教师，实在再贴切不过。老师就像细柔的春雨一样默默滋润着学生的心田，他们是年轻一代人生四季的好雨！

绝句漫兴九首（其三）

杜　甫

熟知茅斋绝低小，江上燕子故来频。
衔泥点污琴书内，更接飞虫打着人。

— 品读 —

诗人的这九首绝句大致作于唐肃宗上元二年（761），当时诗人年届五十，客居于成都草堂，借诗来抒写自己从春至夏的复杂"愁怀"。本诗描写春景。

"熟知茅斋绝低小，江上燕子故来频"。春色浓郁恼人心，诗人只好避而隐之，在极度寒酸简陋的茅斋里读书消遣，然而即使是在低矮贫贱的小屋里，也得不到清静。燕子在屋里做巢，忙忙碌碌地飞进飞出，叽叽啾啾地呢喃蜜语，扰乱安宁，搅人心境。诗人惆怅无奈：燕子啊燕子，世间有众多美丽高大的房屋，远比茅斋要气派舒适得多，为什么你们偏偏要选这儿呢？心里的愁闷本已无法排遣，而周遭的环境，无论是景或是物，不仅不能解人，反令人恼怒，撩人苦怀，使诗人徒然空叹，由"愁"生"怨"。

"衔泥点污琴书内，更接飞虫打着人"。如果说前二句中，诗人的怨只是一声"唉"的话，那么至此则变成了"哎呀呀"

的座中惊起，"怨"愈深重了：既然屋内宁静已完全失去，那么只好不听不闻，力斥干扰，用潜心读书、静心拂琴来遣怀排怨，但诗人的这种消极抵御也轻易地被燕子所破坏。燕子正全心筑巢，在衔泥的匆忙来去中，不时地把泥点漏落在诗人的琴上、书中；更恼人的是，用来哺喂幼燕的飞虫也时常落打在诗人头上，越发让人烦躁不已。这二句再次映衬茅斋之窄小，春深愁浓之忧怨。

此诗虽着眼"春"和"燕"，但字字句句让人感到诗人的窘困孤独、飘泊异乡、志向难申的黯然神伤。所谓屋漏又遇连阴雨，心情本来不好，却又有衔泥燕子烦心，诗人心情的烦躁可想而知。但在诗中，他的烦躁背后，又是对境遇的幽默自嘲。这种自嘲，体现了达观向上的精神。这种精神，才是处于困境中的人们奋发向上的动力。

登岳阳楼

杜 甫

昔闻洞庭水，今上岳阳楼。
吴楚东南坼，乾坤日夜浮。
亲朋无一字，老病有孤舟。
戎马关山北，凭轩涕泗流。

━ 品读 ━

唐代宗大历三年（768），杜甫由夔州出峡，漂泊在江湘
一带。这首诗就作于此时。

"昔闻洞庭水，今上岳阳楼"，其实杜甫早就闻知洞庭
湖的浩渺烟波，尤其是前代诗人孟浩然的咏洞庭名句："气蒸
云梦泽，波撼岳阳城"，读来更是荡气回肠。然而百闻不如一
见，如今诗人慕名登楼，放眼望去，更有一种眼见为实之感。
"吴楚东南坼，乾坤日夜浮"，洞庭湖汪洋万顷，水天相连，
裂吴楚于东南，揽天地于怀中，气吞山河，浸润日月。览物思情，
确能激起诗人豪情。然而现实却是"亲朋无一字，老病有孤舟"，
近一年来，诗人全家蜗居孤舟，漂泊无着，亲朋好友音讯杳无；
加之自己年事已高，体弱多病，可说是"哀民生之多艰"了。
可是，"戎马关山北"，一向忧民济世的诗人，又想到国家兵

99

患不止，战争未息，面对祖国大好河山，如今飘摇破碎，而自己却无助于业，怎能不"凭轩涕泗流"？

　　一般人触景生情，大都想起自己的身世沉浮，难将"小我"与"大我"融为一体，因此历来吟花弄月者居多，而能以大手笔描写"吴楚东南坼，乾坤日夜浮"之景，抒发"国家兴亡，匹夫有责"之感，非大境界者难为。

华 子 岗

裴　迪

落日松风起，还家草露晞。
云光侵履迹，山翠拂人衣。

——品读——

　　裴迪是王维的朋友，王维隐居辋川时，与他"浮舟往来，弹琴赋诗，啸咏终日"。辋川别墅有华子岗、竹里馆、鹿柴等名胜，王维、裴迪各为此赋诗二十首，互为唱和。此即为唱和诗之一。

　　这首诗以还家为线，描绘了沿途所见华子岗的优美景色。"落日松风起"，傍晚日落时分，山中松涛阵阵，催人归家。诗人沿小径归去，脚踩在路旁松软的山草上，"还家草露晞"，山草经一天的日浴，绵软松散，露水已经挥发殆尽。诗人下行，但见"云光侵履迹"，逐渐消散的夕阳余晖随脚步移动。这时的诗人，步履轻快，只觉"山翠拂人衣"。山翠，即山中翠色。天边的夕阳投射在山中翠色上，绿色的暗影随诗人的脚步在他身上轻轻晃动。

　　松风、草露，云光、翠色，诗人注意到的都是这些日常所见景物的细微变化。他虽然没有说山中景色如何，自己心情如何，但我们从他所注意到的事物中即可看出华子岗的优美和诗人的愉快心情，甚至可以感受到诗人轻快的脚步。诗人与王维闲游山中，醉酒狂歌（王维《辋川闲居赠裴秀才迪》云："复值接舆醉，狂歌五柳前。"），啸咏终日，怡然自乐。因为有这样的心情，才能感受到优美的山色。人们在生活中常常有这样的体验，当你注意到枝头嫩叶悄然萌发的时候，当你注意到第一枝报春花绽放，抑或听到春夜的第一声虫吟之时，都是心情舒畅，能够感受到自然悄悄变化之时。如果没有好的心情，则松风也许寒人，干草意味着衰退，云光使人悲凉，山翠让人感到阴森。生活的快乐就在于有好的心情，这也许就是诗人这首《华子岗》言中所寓。

枫桥夜泊

张 继

月落乌啼霜满天，江枫渔火对愁眠。

姑苏城外寒山寺，夜半钟声到客船。

品读

　　这首诗是描写客思旅愁的脍炙人口的名篇。诗人泊舟枫桥，深夜独卧却不能成眠，但见枫桥一带幽美的秋夜景象，正是"月落乌啼霜满天"。因为已是秋季，所以月升得早，到半夜便已渐渐沉落西山。这一光线明暗变化，惊醒了树上的栖鸦，清唤数声，复又睡去，更衬出天地之静幽。关于"霜满天"，许多诗评家认为不符合自然景观的实际，因为今人都知道，霜是水蒸气凝结而成，应当是"霜满地"。但古人由于科学知识的局限，普遍认为霜来自天，是从天而落。张若虚的《春江花月夜》里有"空里流霜不觉飞"的句子，也以为霜自空中流泻。因此，"霜满天"符合古人的认识。此外，"霜满天"意境独特：霜自空中流下，漫天而飞，在静夜中显出一丝动态；而霜色满天，弥漫无垠，其冰寒、凄冷充盈在整个秋夜，更充盈在广袤的宇宙之中，愈加引起诗人无限乡思乡愁。诗人是独自难眠吗？似乎不是，"江枫渔火对愁眠"，有江堤上的一排枫树与远处渔船上几点昏灯闪闪与他为伴。然而这江枫是清秋的使者，这点点渔火恰似诗人的淡淡旅愁。诗人沉浸在夜的静谧中，蓦然间，"姑苏城外寒山寺，夜半钟声到客船"。寒山寺相传是因隋末唐初两位颇具传奇色彩的诗僧寒山、拾得居此而得名，因此写到寒山寺本来就已经很有诗意，再加上从寺里缓缓敲出的悠长的钟声划破秋夜的天空，传到诗人的船上，回荡在诗人的心间。这钟声来自姑苏城外的寒山寺，带来了宗教的清寥。这钟声正是全诗的点睛之笔，突出了诗人夜泊枫桥时所睹之霜天静夜，让人回味无穷。

"一切景语皆情语"，作者描摹这番景象，抒发了胸中一缕愁情。他以"月"起笔，使人立即想到了故乡，毕竟"月是故乡明"。虽然整首诗只一个"月"字，我们却处处能找到月的迹象。月落而惊乌，月照融霜华，月下得见江枫，月色与渔火互映；更兼寒山寺飘遥的钟声，流动的美，静止的美，画面的美，声音的美，曾令异代不同时的人们心醉。后人也有不少模拟之作，或歌月落霜飞，或聆夜半疏钟，却终究难以超过这首诗的意境。二三十年前曾流行一首《涛声依旧》的通俗歌曲，曲调优美，深受各类听众喜爱，但知道此歌歌词及意境均借用了张继这首诗者，则为数寥寥。据笔者所知的一份材料称，当时在某中学问卷调查，问"是否会唱或知道《涛声依旧》这首歌"，肯定者占100%；问"是否知道这首歌与哪一首唐诗有关"，答"不知道"者竟也是100%。少读一首古诗，失去一次审美的愉悦，其损失似乎微不足道；倘在年轻一代中，出现传统文化的荒漠，则悲莫大焉。

赋 新 月

缪氏子

初月如弓未上弦，分明挂在碧霄边。
时人莫道蛾眉小，三五团圆照满天。

── 品读 ────

　　这首诗的作者是一个姓缪的 7 岁孩子，聪慧而能诗善文。这一年他以神童身份被召应试，在朝堂之上即兴赋了这首新月诗，顿令龙颜大悦，满朝喝彩。

　　"初月如弓未上弦，分明挂在碧霄边"，新月初升，宛如没有利箭上弦的弯弓，明亮、宁静，挂在九霄天边。"时人莫道蛾眉小，三五团圆照满天"，人们莫要看这弯月如眉而笑它太小，别忘了每至十五时，这弯新月就会团圆如银盘，光华照满天宇。缪氏子言外之意是说，人们莫道他人小，不需多少时日，待他成长起来，便可光芒四射，如三五之夜，月照满天了。

　　奇！的确是奇！奇在诗意之新颖，更奇在此诗出自 7 岁儿童之口。"时人莫道蛾眉小，三五团圆照满天"，既符合新月的真实形象，又显示出人小而志高、信心十足的意气。不过，在唐代诗坛中，我们终未听说有一位姓缪的大诗人。那么是因为这位 7 岁神童由于得了皇帝的恩宠而被家人带着四处炫耀以致耽误了前程呢，还是因为唐代大诗人太多，埋没了这轮"新月"呢？总之，似乎他未能"三五团圆照满天"。

生活中各类"童星"常有，但最终成为耀眼巨星者却鲜见。究其原因，当可以作如是说：先天聪颖固然可喜，后天努力更为重要。

衔鱼翠鸟

钱　起

有意莲叶间，瞥然下高树。
擘波得潜鱼，一点翠光去。

— 品读 —

　　此诗是钱起《蓝田溪杂咏二十二首》之一，简单、平实的诗句向读者描述了动物世界里一则生动的翠鸟捕鱼的故事。

　　动物世界虽不如人类社会庞然有序，但日出日落里，动物们却认真地过着自己生机盎然的生活：寻获食物、栖息巢穴、生养后代。诗人钱起以一颗充满爱意的心，敏锐地捕捉了翠鸟这一机灵可爱的小鸟生活中有趣的觅食一幕。翠鸟静静地栖息在一棵高大的树上，悠闲地伸伸脖颈、理理羽毛、展展翅膀，然而实际上它是"有意莲叶间"，眼睛毫不放松地注意着莲叶间水面的动静。突然，水面泛起一皱微小的水纹，是鱼儿浮到了水面，于是翠鸟倏忽如风，俯冲而下，"瞥然下高树"，劈裂水波，迅速叼起欲逃离的鱼儿，抬头起嘴，如一道一闪而过的翠光，瞬间已回到树上，果然是"擘波得潜鱼，一点翠光去"。这一"有意"，一"下"，一"擘"，一"得"，一"去"，使高妙的捕鱼全程颇具来无影去无踪的神韵，让人心生怜爱、赞赏不已。

　　人与自然，和谐完美而又冲突磨合地构成了整个世界。在这个世界里，人与生物各守其律，各得其趣，都以自己的独特方式实现着存在的意义。置身其中，忙碌异常的人类，何尝不会有心灵洞彻、思绪飘飞的某个时刻，为这世界的繁杂博大、永不更改地流动前行而深深震撼？即使是一只小小的翠鸟，从它的生命活动中，我们也可以直视自己，深味人生。

寒 食

韩 翃

春城无处不飞花，寒食东风御柳斜。
日暮汉宫传蜡烛，轻烟散入五侯家。

—品读—

韩翃的这首诗，似颂实讽，明扬暗抑，讽刺了封建皇帝对上层贵族及近臣的偏宠，揭露了封建社会上层贵族享有的种种特权。

寒食节到了，"春城无处不飞花，寒食东风御柳斜"，东风轻吹，御柳飘斜，京城里杨花飞舞。寒食节在清明节前两天，相传是为纪念春秋时晋人介之推而形成的风俗。介之推是晋文公的功臣，但不愿为官，携母隐于绵山。文公为逼其出山，放火烧山，之推抱木而焚。文公哀痛不已，下令禁火三日。后演变为寒食节这一天禁火，人们只能吃冷食。然而，"日暮汉宫传蜡烛，轻烟散入五侯家"。日暮时汉宫中送出了恩宠，轻轻烟雾中，蜡烛送到了五侯人家。五侯泛指天子近臣。

这首诗历来为人所推崇、称道，很大程度上在于其反映了古代社会中存在的特权现象。所谓"刑不上大夫"，所谓"只许州官放火，不许百姓点灯"，道出了封建社会平民百姓无可奈何的处境。寒食本应禁火，一般百姓不能点灯，但皇帝却赐给少数人蜡烛！平民百姓的这种尴尬地位，随着封建社会延续了几千年。时至今日，寒食禁火的风俗已逐渐为人们所淡忘，但全社会仍需警惕特权现象。

　　然而这首讽刺诗据说还深为当时唐德宗所喜爱。孟棨的《本事诗·情感》载，韩翃仕途不得意，常称病在家。有一天夜半，突然有人叩门。韩翃开门一看，原来是他的一位好友。好友告诉他，皇帝御笔亲点，授予他知制诰一职。韩翃一时竟不能相信。钦点韩翃的原因，据说是唐德宗非常喜欢这首诗，认为这首诗是在歌颂皇帝的恩德。错把讽刺当歌颂，可见作者的艺术手法之高明。

江村即事

司空曙

钓罢归来不系船，江村月落正堪眠。
纵然一夜风吹去，只在芦花浅水边。

品读

司空曙此诗，可谓清丽洒脱，飘逸可喜。

江边渔翁，清晨很早就出门钓鱼。归来却已是月落西山、江村已眠的时刻。江水哗哗作响，小船摇摇晃晃，渔翁自言自语：何必去把船系在岸边呢？"纵然一夜风吹去，只在芦花浅水边"，就这样任它漂泊，又有何妨？即使一夜风吹，把船儿吹走，也不必担心。早晨醒来，它也不过是在浅水边上的芦花丛中罢了。于是，渔人倒头便睡，心里也许在盘算，第二天醒来，自己正处于白茫茫一片芦花之中。

这首诗为我们勾勒了一位心胸旷达、超然物外的江边渔人——亦可称为江边隐者的形象。它的诗眼正在"不系船"三字，一切情趣皆出其中。司空曙即是一个洒脱之人，他曾穷到家无石瓮的境地，却仍能泰然处之，又曾在长沙及江右（今江西）一带浪游，与村夫渔人为伍，这首诗就是这一时期的作品。"不系船"的心态，也正是他坦荡胸怀的写照——只要有此等心胸，此种心情，必然是世间极其幸福之人。

然而世间这样的人毕竟太少了！尘世生活，多有不如意事。如个人前途、家庭问题、金钱利益、人际关系，凡此种种，不可避免多有不如意时。如陷于其中，昼食不甘，夜寐不成，结果是人已形容憔悴，事却不能遂人之愿。其实世事繁杂，来来去去，不能终了，而且往往非人力所能控制。若有不怕"纵然一夜风吹去"之胸襟，放其闯荡，或许还能有另外一种格局。

韩偓有一首诗可作为这首诗的绝好注脚："万里清江万里天，一村桑柘一树烟。渔翁醉着无人唤，过午醒来雪满船。"世间之人，不妨学学渔翁。

拜 新 月

李 端

开帘见新月，便即下阶拜。

细语人不闻，北风吹裙带。

— 品读 —

这首诗描绘了一幅佳人拜月图。

拜月是唐代流行的风俗，妇女们，尤其是少女要盛装打扮，摆香案，有的还搭彩楼，挂水晶帘子，卷帘拜月。拜月时口念祝词向月亮抒发心事。你看这位妇女，轻启晶帘，慢移莲步，款款走下台阶，向月倾诉心曲。她是什么身份呢？诗中没有点明，我们只看见月光下北风轻轻吹起她的裙带。"细语人不闻"，她又在说些什么呢？是一位少女乞求月神给她甜蜜的爱情，还是一位思妇盼望远在异乡的夫君早日归来？抑或是一位妻子希望月亮保佑全家平安？都不得而知，诗人为我们留下了极大的想象空间。

拜月的风俗起于何时，恐怕已经不能确考，但月亮是自古以来就被人们崇拜的。人们有的把它的变化当作祸福的征兆，民间传说中又把它视为主男女婚姻之神。传说唐代韦固在宋城夜遇一老人在检天下婚姻之书，囊中还有赤绳，一系男女之足，则必成夫妇，后世因称管婚姻之神为"月下老人"或"月老"。正因为与"情"相连，所以月亮多为佳人文士所爱，成为他们喜咏的题材，苏东坡有词云"人有悲欢离合，月有阴晴圆缺"，《红楼梦》中林黛玉也有"冷月葬花魂"之句。兄弟之情、亲子之情、恋人之情，无不与月相连。也正因为如此，赏月、拜月的风俗流传至今，中秋赏月拜月，元宵拜月赏月，还有七夕拜月，年年乞巧望新月，穿尽红丝无穷数。

春山夜月

于良史

春山多胜事，赏玩夜忘归。
掬水月在手，弄花香满衣。
兴来无远近，欲去惜芳菲。
南望鸣钟处，楼台深翠微。

═ 品读 ═

　　这首诗描写春夜山中赏月的乐趣。"春山多胜事"，春天山中令人快意的事真是太多了，所以"赏玩夜忘归"，诗人沉湎于其中，竟然忘了归去，可见胜事之吸引人。"胜事"是什么？原来是"掬水月在手，弄花香满衣"。夜深了，月色正好，走在山中小径上，溪流淙淙伴行，野花夹道，幽香怡人。诗人禁不住捧水在手，月落掌中；轻拂山花，清香满衣。因此，"兴来无远近，欲去惜芳菲"。游兴正浓，真是不忍离去，哪管它归程迢迢。几番下定决心离开，却又依恋山中一草一木。怀着矛盾的心情，诗人在山径上慢步徐行，不觉已是喧闹散尽，这时一阵幽远的钟声传来，诗人偶一抬头，"南望鸣钟处，楼台深翠微"，那钟鸣之处，原来是隐于翠绿丛中、月色之下的山中楼台。

诗人在这里为我们描绘了一幅清幽淡远的春山夜月图，同时也流露出他那悠然自得、纵情山水的畅快心情。月亮似乎是古代文人特别钟爱的尤物，被赋予了多种意义的感情，为兄弟情，为团圆乐，为情人之间的思念，更多的还是自然情趣。千百年来，诗人们因此吟之不绝。不仅月亮，一山一石，一树一花，往往也能引起诗人无限的想象，触动他们多彩的思绪。生活在现代文明中的人们，读后不禁心驰神荡，难以自已。

可惜的是，现在这种吟咏已经越来越少了。一位诗人曾经感叹，云已经从当代诗人的笔下消失。其实不只是云，还有其他许许多多优美的存在，都在现代社会的浮躁中视而不见了。问一问住在大都市中的人们，有几个抬头注意过银河、明月？它们都淹没在现代化的辉煌灯火之中了。其实，人们的心中还保留着去寻找那"掬水月在手，弄花香满衣"的平淡悠闲的渴望。

兰溪棹歌

戴叔伦

凉月如眉挂柳湾，越中山色镜中看。
兰溪三日桃花雨，半夜鲤鱼来上滩。

品读

　　顾名思义，这是一曲兰溪渔民的船歌。古往今来文艺作品中抒写劳动者之歌的不少，这类作品歌唱的主题往往是丰收之喜悦或劳作之乐趣。这首诗正是诗人在兰溪渔民春汛丰收之际，借着喜气，代表渔民唱出的一首对美丽富饶家乡的赞歌。

　　"凉月如眉挂柳湾，越中山色镜中看"，绵绵三日的桃花雨，把兰溪的花草树木滋润得娇艳欲滴、清新宜人。雨后的洁净显得有些寂静和清凉，唯有一弯新月与微风吹拂的柳条作伴。兰溪水清澈如镜，在月光下映出如画的山色。景色的美与静正反衬出渔民们欢欣喜悦的心情和激动期盼的情绪。诗的后两句，诗人方道出美景的至胜之笔"兰溪三日桃花雨，半夜鲤鱼来上滩"。鲤鱼爱新水，正是这三日的雨，令春水潮涨，才使鲤鱼于落潮时留在滩上，这怎能不让渔民们喜上心头呢？虽然诗人并没有写出渔民的表情和感受，可读者却能从诗中看到渔民的笑脸。

所谓寄情于景，托物言情，若没有好心情，再美的景也无心赏、无心评。正因心情愉快，入眼的一草一木才那么动人，那么赏心悦目。兰溪山水的秀丽迷人，主要源自它的富饶，兆示的是丰收。一场桃花春雨，令月、柳、山色都如镜中景；而让渔民最高兴的是捕到鲤鱼，是丰收，丰收后的渔民才会慨叹：这一切都是多么美呀！

滁州西涧

韦应物

独怜幽草涧边生，上有黄鹂深树鸣。

春潮带雨晚来急，野渡无人舟自横。

— 品读 —

　　韦应物性情高洁，鲜食寡欲，所居必焚香扫地而坐，平日唯与顾况、刘长卿、皎然等人酬唱往来，更有雅爱山水之情趣，其诗以描写景物和隐逸生活见长，风格恬淡高远，人比为陶渊明，有"陶韦"之称。这首诗就是韦氏任滁州刺史时所写的一篇风景诗。

　　一天傍晚，诗人来到西涧游玩，看到小草青青，铺在涧边，浓浓的，密密的。高树此时已是枝繁叶茂，遮天蔽日，从树林深处传来的黄鹂清脆婉转的歌唱声在空旷的涧谷中回荡，眼中所见是悄悄生长在山涧旁边的野草，耳中所闻是黄鹂在深树密林间唱出的婉转鸣叫。身处如此静谧、空旷之荒郊，感受春情之沐浴，心境自然会宁静，少为世事烦缠。

　　"春潮带雨晚来急"，傍晚时分，大雨滂沱，本来就大且急的春潮越发来势凶猛，河水急涨，滚滚而下，流水声在涧谷中回响。偏僻荒野的渡口原本就很少有人过渡，天晚雨大水涨，更是无人过往。一叶扁舟随着潮水的拍击颠簸晃荡，"野渡无人舟自横"，在急潮猛雨涤荡下任凭雨打潮击，自由自在地漂泊，悠然漠然的情调或许正是诗人所欣赏的。

涧边幽草、深树鹂鸣、带雨晚潮、野渡横舟，诗人信笔描摹的平常自然景物，却构建出极不平常之意境，反映出他独特的审美价值和内心宁静、闲适的心理追求。任它"春潮带雨晚来急"，我独"野渡无人舟自横"。有此心胸，有此追求，自可获得一份潇洒，一份宁静，免为世事纷争之烦扰。读者朋友，你是否可从中获得点什么？

月 夜

刘方平

更深月色半人家，北斗阑干南斗斜。

今夜偏知春气暖，虫声新透绿窗纱。

─ 品读 ─

在这首《月夜》诗中，诗人通过细致入微的观察，描绘了春临大地时节自然界的悄然变化。诗中体现了诗人盎然的生活情趣，充溢着对生活的热爱，也揭示了微妙的自然哲理。

"更深月色半人家，北斗阑干南斗斜。"冬日似尽未尽，春天的脚步似乎还远，正是人们最思念春天的时候。这一夜，诗人夜半无寐，也许是倚床头，拥暖衾，正隔窗望夜色，观天象。窗外更深时候，月色昏黄；星移斗转，北斗阑干，南斗横斜。天象的变化也许已经让诗人感觉到了节气的变化，但是还没有等他形成明确的意识，"今夜偏知春气暖，虫声新透绿窗纱"——虫儿已经感到了春暖，叫出了新春第一声。一个"新"字，足见诗人惊闻春天第一声的惊喜；一个"偏"字，表现了诗人对送来第一声的绿窗纱外虫儿的喜爱——是它最早感到了春天的来临，是它为我送来了春天的第一声。

"今夜偏知春气暖，虫声新透绿窗纱"，这两句诗中蕴含着真切的自然哲理。春天似乎总是在不知不觉中来到人们的身边，然而细心的人们，对生活充满热爱的人们，总是能够从春燕的第一声呢喃、杨柳的第一瓣嫩芽而较早地感到春天的降临。但是人还是没有大自然那样敏感，还是要通过它的变化而知春、寻春。这首诗中，诗人因夜半虫声而知春，更见春气涌动之悄然与不可阻挡。新春的虫鸣、鸟语，初夏的布谷声声，孟秋南飞大雁的第一声长鸣，自然的使者总是在忽然之间提醒人们注意节候的变化，为人们留下美好的记忆和想象。但也许只有如诗人这般的心境，才能体会到这一切的美好，才能领略这奇妙的自然哲理。这两句诗正因此而为人们所喜爱，后来苏轼的"春江水暖鸭先知"，即从此化用而来。

移家别湖上亭

戎　昱

好是春风湖上亭，柳条藤蔓系离情。
黄莺久住浑相识，欲别频啼四五声。

品读

　　此诗写迁居时对旧居的依依惜别之情。

　　在一个地方住久了，就会对那儿产生深厚的感情，一旦要离开，心中自然难以割舍，不忍相别。而那儿的草木花鸟也仿佛已与人结下情缘，依依不舍。"好是春风湖上亭，柳条藤蔓系离情"，正是春光宜人、情致万千的季节，诗人却要离开这久居的地方了。信步走到故居旁他最喜爱的湖上亭，但觉春风拂面，景色如画。亭边，柳枝千丝万缕在风中飘摇，仿佛一条条多情的玉臂，伸过来牵扯他的衣襟，要将离人挽留。而柳条正是离别的象征啊！

　　"黄莺久住浑相识，欲别频啼四五声"，还有那枝头的黄莺，这些年来的朝夕相处，也早已相熟了，它总是为诗人婉转歌唱。今天，它仿佛也为离情所苦，又展开它美妙的歌喉，频频啼鸣，要告诉诗人它是多么难舍……

　　在诗人心中、眼里，草木花鸟与人心境相通，充满离愁别恨。在这里，人与物相亲相融，和谐共处。诗人对大自然是如此热爱，对大自然中的一切生命都珍爱亲善，所以在离别时分才会如此地难舍难离。而那儿的一草一木、一禽一鸟，也同样的用真情回报于他。

城东早春

杨巨源

诗家清景在新春，绿柳才黄半未匀。
若待上林花似锦，出门俱是看花人。

━ 品读 ━

这首咏早春诗，笔调清新轻快，又极富理趣。

诗人说，诗家最喜欢早春的清新景色，"诗家清景在新春"。
为什么呢？"绿柳才黄半未匀"，诗人先描绘了早春最具代表
性的景色——河堤上、平畴中的垂柳刚刚露出鹅黄嫩芽。早春
时节，百花尚未绽开，只有柳枝新芽冲寒而出，清新悦人，富
有生机。多思善感的诗人们，自然能被这早春景色的代表——
新柳，激发出更多的诗情。除此之外，还因为什么呢？"若待
上林花似锦，出门俱是看花人"。上林，即汉武帝时规模宏大
的上林苑，这里代指长安。如果等到长安满城繁花似锦的时候，
街上游人如织，摩肩接踵，宛如闹市。此时观春，已非赏春，
是赏人也。而且这时的景色人人尽见，又有什么新鲜？又能给
诗家带来多少灵感呢？

这首诗从"诗家"的眼光来写早春，别具一格，既写出
了诗人对早春的喜爱，又暗寓一定的创作原理：如果诗人只知

步人后尘，人云亦云，而不能敏锐地感觉事物的变化，不能从生活中发掘出独特的东西，则不能卓尔不群，而只能融入众多看花人之中。"若待上林花似锦，出门俱是看花人"，这其中的看花人形象，在我们的生活中也能找出许多影子来。只知人云亦云，亦步亦趋，而不敢为天下先的人，生活中绝不在少数。持这样生活态度的人，只能事事落在后面。弄潮儿与落伍者的区别，也正在此。

放　鱼

窦　巩

金钱赎得免刀痕，闻道禽鱼亦感恩。

好去长江千万里，不须辛苦上龙门。

品读

　　放生，被古人视为一种行善积德的行为，因为大家相信动物也是有灵性的，多放生可以保佑人们健康长寿、平安吉祥。古代神话传说中也常有被放生动物感恩图报，危难之时帮助放生之人逢凶化吉的故事。

　　这首《放鱼》是诗人在武昌（今湖北鄂州）时所作。鄂州是鱼米之乡，濒临长江，水产丰富，是捕鱼也是放鱼的好地方，诗人特意买来鲤鱼到江边放生。"金钱赎得免刀痕，禽鱼亦感恩"，他曾听说过动物感恩图报的故事与传说，但他花钱买鱼放生却不是为了施恩望报，而是不忍心让可爱的鱼儿被人杀死。因此，他小心翼翼地将鱼放入长江之中，并对摇尾而去的鱼儿细细叮咛："好去长江千万里，不须辛苦上龙门。"鱼儿鱼儿，就在这万里长江中自由戏水，追波逐浪，纵横长江，享受轻松的生活，就足够了，不必去经受千辛万苦试图跳跃那艰险的龙门。且将那功名之心淡了，就在江湖中做一条虽平凡却快活的鱼吧。

劝鱼如此，劝人又何妨不如此！人活一世，有许多机会——成功、荣耀、富贵等等在吸引着，人们为此而厮杀、拼搏，最后虽有成功，却难免头破血流。为什么不学学那鱼儿，"好去长江千万里，不须辛苦上龙门"呢？有些事是自身力所难及的，就不要抱太多的奢望，这似乎是诗人所要说的。不过，读者欣赏此诗，除了领略作者的用心之外，似乎还可学一学诗人"放生"这一举动。今日提倡放生，颇有保护环境的深意呢。

夜到渔家

张 籍

渔家在江口，潮水入柴扉。

行客欲投宿，主人犹未归。

竹深村路远，月出钓船稀。

遥见寻沙岸，春风动草衣。

▀ 品读 ▀

这首诗描写诗人在一个春天的傍晚寻宿的经历。

出门在外的旅人，天色将昏时候，最渴望的是有一处歇脚之地，热饭热水、热情的主人，可以去旅途之困，解思家之苦。诗人这次旅行，跋涉一日，劳累不堪，太阳落山时分到达一处江口。他在江边四顾，荒村野处杳无人迹。差不多就要失望了，突然，一处院落扑入眼帘。心里暗道幸运，"渔家在江口，潮水入柴扉"，他定睛细看，一户渔家正处于江口，潮水涌来，几入柴扉。终于发现歇脚之地的诗人兴冲冲走了过去，然而柴扉紧闭，院中无人，这正是"行客欲投宿，主人犹未归"，主人不知客来，外出未归。天色愈来愈暗，少顷，月出于东山之上，江上往来的钓船都不见了，江风渐渐凉了起来，饥渴劳累的诗人越来越焦急。他向渔家小院望去，小路迤逦，没入茂密的竹丛中，"竹深村路远，月出钓船稀"，是诗人在等待中所观察到的一幅幽美的渔村夜景。这时，隐约可见一叶小舟向这边驶来，舟中之人正找寻泊船之地。春风吹动，草衣飘扬，主人就要回来了。江边渔夫，终日与风浪为伍，定然豪爽好客，等待着诗人的，将是热情的款待。

这首诗清新自然，语言质朴浅显，极富野趣。渔夫独居江口，忘情江上，必然是洒脱、轻俗的隐士型人物。江边月夜，春风轻吹，能在一天的跋涉之后，与这样一位渔人伴涛声围炉夜谈，于诗人不啻为一种享受。在这样一户人家歇息，不必担心"野店"宰客，自可安然入睡，黎明后再启行程。然而诗人的经历对今天的人们来说仿佛已是世外之事，当现代化的交通工具把今天的旅人送进豪华的宾馆，享受各种高档服务之时，人们也与这种野趣越来越远了。

雪　诗

江上一笼统，井上黑窟窿。

黄狗身上白，白狗身上肿。

━ 品读 ━

　　凡咏物诗多有寄兴，但此诗倒看不出有多么深刻的寓意。张打油其人与中唐时期的胡钉铰并称，可能是一个工匠，总之是平头百姓一个。

　　然而，借用一位伟人的话"卑贱者最聪明"来看，这位张打油确实十分机敏。读者大可不必探究他是否识字或有多深的诗学功底，但这首诗写来十分形象生动、幽默风趣，颇有几分韵味。

　　茫茫大雪，铺天盖地，其视觉效果当然是"江上一笼统，井上黑窟窿"。平日里江面呈白色，而两岸色彩则随季节而变化；大雪铺地之后，则是江中、江岸茫然一色。平日里一口井的井口并不突出，大雪铺地之后，唯有井口那黑窟窿才尤为显眼。这是野外的景象。而在屋内，家狗从外面回来，都带着一身的雪，于是出现了一个新奇的现象："黄狗身上白，白狗身上肿。"黄狗因身上积雪变成了白狗；白狗因披了一层厚雪，竟显得"肿"了起来。

张打油对事物的观察不可谓不细致，张打油的文学表现能力不可谓不强，这大概与盛产诗歌的唐代社会环境有一定关系。今人读此诗，自可会心一笑。

十五夜望月

王　建

中庭地白树栖鸦，冷露无声湿桂花。
今夜月明人尽望，不知秋思落谁家？

品读

中秋节，是我国人民的传统节日。中秋之夜，皓月当空，一家人合坐堂前庭中，吃着月饼，呷着美酒，赏着月色，叙着家常，此乃天伦之乐。然而，总有一些人不能及时回家团聚，尽享其乐，或为功名，或为利禄，或为生计，他们只能对月吟叹，伤时怜人。于是，许多脍炙人口的诗篇便诞生了，王建的《十五夜望月》便是其中的佼佼者，《全唐诗》原题作：十五夜望月寄杜郎中。

"中庭地白树栖鸦，冷露无声湿桂花"，一片月光如流水一般洒泻在庭院中，地面有如铺了一层霜雪，树上的鸦雀也停止了聒噪，大概也该入眠了。唯独诗人没有睡意，他神驰遐想：秋天的露水正悄无声息地湿润着桂花，难道就是"我"所驻足的那棵桂花吗？抑或是广寒宫中的桂花。那桂花树下的白兔呢？那树下挥斧的吴刚呢？还有那"碧海青天夜夜心"的嫦娥呢？他们在干什么？

133

如许空明、如许素洁的月色，享受都来不及，诗人何突发此奇想？殊不知这正是诗人的高明之处。一个人在寂寞到了极点、伤怀到了极点的时候，除了向草木、鸟雀、星星、月亮等无知的东西寻求沟通、获得安慰外，还能够做什么呢？

诗人之成其为诗人，不仅仅在于会捕捉形意，还在善于异想天开，发常人所未想。明明是诗人自己在怀人，却偏又说"今夜月明人尽望，不知秋思落谁家"。似乎离人之苦、思亲之痛不独诗人独有，普天之下不知有多少人也在望月，也在思亲！

这首诗运用朴实平易的语言描绘了一个月明人远、思深情长的凄清寂寥的意境，加上一个喟叹有神、悠然不尽的结尾，把离人思聚的情意表达得哀婉凄绝，感人至深。全诗读来，顿觉丝丝寒意沁人心脾，悠悠思情涌上心头，神为之黯然，目为之含悲！

柳　絮

薛　涛

二月杨花轻复微，春风摇荡惹人衣。
他家本是无情物，一任南飞又北飞。

— 品读 —

这是一首借物抒怀诗。二月的杨花轻盈细小，在暖暖的
春风中飘荡飞扬，沾到行人的衣服上。这随意飘飞的杨花，本
是男人们专门用来指责女子的，似乎"水性杨花"是女人的特
质。而在薛涛笔下，又轻又细的柳絮成了那无情男子的形象，
水性杨花，朝三暮四，这才是男人的本性。从这位生活和感情
经历都十分复杂、坎坷的女诗人笔下写出，自然是一种深刻而
真实的情感总结。她总算替女人说了一次公道话，为女人出了
一口恶气。

"他家本是无情物，一任南飞又北飞。"轻浮的柳絮在
熏风中时而飞上树梢，时而停在草地，时而落在行人的衣服上。
它们是自由自在的，也是恣意快活的。它们时而直上蓝天，时
而飞向四方，随着风儿飘来荡去，没有根基也没有定性，恰似
那薄幸善变之男子，朝秦暮楚，喜新厌旧。女诗人薛涛一生在
男人的世界里周旋，经历丰富，可谓阅尽男人的伎俩。她眼中

看着柳絮，心中感叹的是世上无情的男子。

其实，女人最重感情，"痴心女子负心汉"是旧时代的普遍现象。薛涛此诗，即使在今天仍然是对某些玩弄感情、玩弄女性的男人们的警示。

春　雪

　　新年都未有芳华，二月初惊见草芽。

　　白雪却嫌春色晚，故穿庭树作飞花。

━品读━

　　春天下雪，那是倒春寒，它总会把刚刚吐绿的草芽、正欲含苞的花儿折磨得够呛，也会让满心等待春暖花开的人们觉得寒冷。可如果换一个角度用如诗人韩愈的眼光看春雪，就会对它产生另一种感觉：钟爱、欣赏。

　　"新年都未有芳华，二月初惊见草芽。"新春伊始，虽然天气渐渐转暖，但毕竟尚未春回人间，北方的大地仍是光秃秃的，见不到枝头的嫩叶，闻不到鲜花的芬芳。在焦急的等待中，人们终于欣喜地发现二月的大地上，有一些细嫩的草芽拱出地面，露出一丝春的颜色。

　　但这些毕竟太不够了，因而"白雪却嫌春色晚，故穿庭树作飞花"，性急的白雪已经等不及了，它嫌春色来得太迟，大地光秃单调得太久，因此，它从天而降，穿树飞花，亲自装扮树木庭院，让片片雪花飞舞，恰似洁白的春花盛开。白雪"故穿庭树作飞花"，它带给人们喜悦，向人们报告春的消息。这样的春雪，何其热情，何其美好。诗人用浪漫的手法，为人们描画了一幅动人的春雪图，它比起那冬季兆丰年的瑞雪，更有灵性更加可爱。春雪过后，毕竟就是百花吐艳、大地似锦了。

"故穿庭树作飞花"，写活了春雪的本性。雪花在树梢间飞舞，装点得一树银花，比那春天的花毫不逊色。"春雪满空来，触处似花开。不知园里树，若个是真梅。"（东方虬《春雪》）热爱春天、热爱生活的人们，随时随处都能够发现大自然的美与诗意。

早春呈水部张十八员外二首（其一）

天街小雨润如酥，草色遥看近却无。

最是一年春好处，绝胜烟柳满皇都。

品读

　　这首描写春色的小诗与别的咏春诗不同，它透过早春时节似有还无的草色，带给人们春回大地、万物更新的消息。

　　"天街小雨润如酥"，一场柔润如油的小雨洒过皇城的大街小巷，那可是懂得时节、"当春乃发生"的好雨啊！微雨洒过，遥望大地，已披上一层浅浅的新绿，那是早春时节青草抽出的第一批嫩芽。它们是那样的纤细、浅淡，稀疏得几乎像什么都没有。

　　但这"最是一年春好处，绝胜烟柳满皇都"，春来草先知，正是这"遥看近却无"的草色，带给人们寒冬过去、大地又将春色满园的消息。这样的草色，蕴含着遍野披上绿装、百花争艳的希望。比起那烟花三月，皇城中处处柳荫如烟，绿波逐浪的景致，这淡淡的草色显得更珍贵、更难得。第一才是最宝贵的，在寒冬虽已过去，料峭的春寒仍在肆虐的时节，只有这些小草柔弱而顽强地钻出泥土，展露初春的风采。

小草是柔弱的，但它的生命又是强大的，"野火烧不尽，春风吹又生"，一棵一棵的小草，构成绿色世界的重要部分。没有了这绿色，这个世界将会多么寂寞，多么单调。所以诗人要赞美小草，赞它"最是一年春好处，绝胜烟柳满皇都"。

晚　春

韩　愈

草树知春不久归，百般红紫斗芳菲。
杨花榆荚无才思，惟解漫天作雪飞。

—品读

　　对春天，人们大都怀着热爱与留恋，因为春天带给人们清新与喜悦；春天，风光明媚，风情万种。春花烂漫，漫山遍野杂花夹树，人们游春踏青，呼吸清新的空气，驱走寒冬的抑郁。春天孕育着生机，饱含着希望。可春天毕竟是短暂的，一切的热闹繁华都将归于沉静，春去夏来，春华秋实，已然没有了春的朝气与热情。

　　对春的逝去，人们都会产生深情的留恋，连草木都如此。草木知道春天不久就要归去，因此，它们就要"百般红紫斗芳菲"，吐露姹紫嫣红，争芳斗艳，仿佛要使出百般柔媚、千般风流来留住春天，与春天同驻。"杨花榆荚无才思，惟解漫天作雪飞"，就连那头脑颇为简单的杨花榆荚也不甘落后，它们扬起轻盈洁白的花絮，漫天飞舞，就像是艳阳下银光闪闪的白雪。在桃红柳绿的背景前，这"漫天作雪飞"的杨花榆荚，使出浑身解数，要给春天增添颜色、增添喜悦。比起那百般红紫，这些杨花榆荚显得那样活泼可爱，无忧无虑。有了它们，虽然春已渐残，但春天并不寂寞。

诗人描画了"无才思"的杨花榆荚的可爱，虽然比起"百般红紫斗芳菲"的鲜花，它们并不起眼，并不醒目，但仍然装点着春天。即使再平凡再普通的人或物，只要有那一份心、一份情，都会是可爱和可敬的。

秋词二首

刘禹锡

自古逢秋悲寂寥，我言秋日胜春朝。
晴空一鹤排云上，便引诗情到碧霄。

山明水净夜来霜，数树深红出浅黄。
试上高楼清入骨，岂如春色嗾人狂。

品读

春愁秋怨，悲秋自伤，历来是文人作品的一大特点。本诗一反悲秋的低调与老套，将秋天描绘成一个明净寥廓、充满画意诗情的季节：秋天，秋高气爽，景色明丽而不俗，它表现出诗人达观、广阔的胸怀和对大自然的热爱。

在第一首诗中，诗人开宗明义，"自古逢秋悲寂寥，我言秋日胜春朝"，秋季比那繁花似锦、万物萌生的春天更胜一筹。在晴空万里、天清气爽的日子里，一只莹洁的白鹤排云直上，冲向湛碧的天空。这是一幅多么明朗纯净的秋意图，它令人赏心悦目，心胸为之一爽，灵感与诗意共生。"晴空一鹤排云上，便引诗情到碧霄。"越咀嚼，越觉秋天之美，美在不同凡俗，叫人一扫逢秋生悲的没落气息，进入一个意境开阔的诗的天地。鹤冲云天，突出的是一种豪情，一种昂扬气概。全诗形象鲜明而寓意深刻。

第二首诗中咏赞的是秋天的景色。秋天是成熟的季节，它的美是丰硕的，也是沉静而高雅的。繁花似锦的春天过去了，浓荫如盖的夏天过去了，春华秋实，经过秋风和夜霜的洗涤，已是一个山明水净的世界。映入眼帘的，是一树树深深浅浅、红黄间杂的颜色，在凉爽的秋风之中，显得疏旷而闲适，高雅而有生气。秋天登楼，更使人感到清澈入骨，得到心灵的澄净与祥和，哪像那杂花生树的艳丽春天，让人心浮气躁，如痴如狂。"试上高楼清入骨"，写出了秋天的底蕴，细细体味，就会品出一些哲理来。

望 洞 庭

刘禹锡

湖光秋月两相和，潭面无风镜未磨。

遥望洞庭山水翠，白银盘里一青螺。

━ 品读 ━

这是一首咏叹月夜里湖光山色的写景小诗，情致清奇，想象别致，富于浪漫色彩。

在秋夜皓月映照下，洞庭湖波光潋滟，澄澈可鉴。八百里洞庭中，湖水与月华交相辉映，水乳交融，一如张若虚所描写的："江天一色无纤尘，皎皎空中孤月轮"，秋水共长天一色，显得安详静谧，充满和谐之美。正是"八月湖水平，涵虚混太清"，月下洞庭，波浪不兴，平静如镜，只是月光使湖面显得更加深邃，朦朦胧胧，真是"潭面无风镜未磨"。若像一面灼灼发亮的明镜，恐怕这温柔和谐之美就要大打折扣了。远远望去，洞庭湖的湖光山色融为一体，湖面如一只银盘，而那黛色的君山则像静静地置入盘中的一只小巧玲珑的青螺。诗人眼中的洞庭，神秘而灵秀。

月下看湖与阳光下看湖情调各有不同。苏轼诗云："水光潋滟晴方好，山色空蒙雨亦奇。"他将雨中西湖想象成秀美、楚楚动人的西施，而刘禹锡则将月下洞庭看成一只"白银盘"，这种气魄，又与苏东坡的温柔不同了。

自然界的美是永恒的，只待我们去发现，去欣赏。

村　夜

白居易

霜草苍苍虫切切，村南村北行人绝。
独出门前望野田，月明荞麦花如雪。

——品读

　　白居易 40 岁时，其母亡故，于是他辞官回到故乡下邽守孝，这首诗便是他在家乡守孝期间所写。

　　深秋的一个夜晚，诗人闲来无事，四处静谧无声，"霜草苍苍虫切切"，白霜凝落，草色茫茫，一片凄清，更衬以秋虫切切鸣唱，回响在夜空。再加上"村南村北行人绝"，村里人都已闭户就寝，没有行色匆匆的游子，也没有庄户人在劳作或闲谈，只缘这秋夜，把一切都变得如此寂寥。这种环境让诗人倍感孤寂，无法入睡，于是"独出门前望野田"，踱出门外放眼远望，一吐胸中郁闷的浊气。只见皎洁的月光洒在荞麦田里，荞麦花盛放开来，更像一片晶莹耀眼的雪，好一个"月明荞麦花如雪"。想那秋高气爽，明月自是半悬空中，无多阻碍，因此月华一泻无余；偏偏荞麦花亦为白色，竟与月华融成一片，月白，花白，再加霜草茫茫，岂不是天地皆如"雪"？可见"月"是关键，无月光则无法欣赏这一切。真是一个迷人的"村夜"。

　　从诗人写此诗的前后背景分析，可知他心中有无限忧郁和孤独。因此，这首《村夜》也体现出这种清寂的格调及诗人排遣寂寞的努力。全诗看似平静无澜，朴实无华，却饱含情绪，隐于其中，但又不留痕迹，令此诗成为一个完美的艺术整体。

大林寺桃花

白居易

人间四月芳菲尽，山寺桃花始盛开。

长恨春归无觅处，不知转入此中来。

品读

　　大林寺在庐山牯岭附近，是我国著名的佛教圣地之一。白居易被贬为江州司马时，曾和朋友同游庐山，登香炉峰，宿大林寺，观周围景色，写了这首诗。

　　诗人是在元和十二年（817）四月登庐山的。这时山下已是初夏，芳菲已尽，而在山中寺庙，却意外地看到桃花盛开。"人间四月芳菲尽，山寺桃花始盛开"，两句相对，可见诗人惊喜之情；以"人间"比"山寺"，又足见诗人对山寺的向往。诗人见此胜景，不由感叹："长恨春归无觅处，不知转入此中来。"春归无觅处？非也。你看山中秀色，不仍是春天吗？

　　读此诗，感觉诗人心中定有"豁然开朗""别有洞天"的感受。白居易是在元和十年被贬为江州司马的。失意的诗人，曾与浔阳江上商人妇相遇，有"同是天涯沦落人"之叹。可见诗人当时心中，仍是郁郁作闷，难以化解。这次登庐山，观桃花，于诗人一定有所启发。春归仍有觅处，人生的春天也应如此；

春归可于山中觅，贬为江州司马的失意潦倒之情，也可以从另外的生活方式中去解脱。事实就是如此，白居易晚年信奉佛教，一定会对他晚年的失意有所缓解。他与王维及许多同时代人，都是少年气壮如山，晚年耽于佛教。

"长恨春归无觅处，不知转入此中来"，诗人的咏叹是对某种人生体验的总结。人生总有失意时，一味沉溺于叹息，于事无益，于人更无益。重拓思路，换个活法，也许就能摆脱失意，重奏欢快的人生乐章。

暮 江 吟

白居易

一道残阳铺水中，半江瑟瑟半江红。
可怜九月初三夜，露似真珠月似弓。

品读

　　这一日，傍晚时分，诗人白居易漫步江边，看见"一道
残阳铺水中"，夕阳的余光斜贴着水面像地毯般铺展过来。在
这残阳霞光之下，"半江瑟瑟半江红"。江面无风，江水缓缓
而流，微波轻荡，水光潋滟，一半是晴翠青碧，一半是绮丽火
红。两种颜色掺杂着荡漾在江面上，闪闪跳跃。此番景致，应
是仙境在人间！诗人醉了，在岸边流连忘返，直至新月东升。
然而这一流连，竟又见到了更美的景色："可怜九月初三夜，
露似真珠月似弓。"时已秋季，在这可爱的夜晚，露水凝于江
岸草间，沾湿了作者的衣襟。轻风乍起，稍有凉意，他低头细看，
只见草叶上的露珠晶莹剔透，璀璨如珍珠（"真珠"即"珍珠"），
闪闪而透出一丝精气，这是月光使然；诗人又举头望月，初三
的月亮虽非盈满，却仿佛一张精巧的弓悬挂夜空，一泻清辉，
照在江面上，映在珍珠里。

　　这是一个活动的时空：一道残阳，一片江面，一半水绿，

一半水红，一露一月，一圆一弯，一珠一弓，一小一大，一地一天，融合为一体。九月初三，这清秋显得如此宁静、和谐，不能不令人叹服白乐天独到的艺术情思，更令人顿生身临其境之感。是的，大自然无时无刻不在展现着它的美的内涵，善于领略这种内涵，便可以消除人们主观上的许多不尽人意之叹。白居易最擅此道，请看残阳黄昏在他的笔下显出另一种韵致；如磐的黑夜，也还有珍珠露水和似弓弯月闪映其中，别是一处光辉。一生坎坷的诗人，置身于此时此境，似已远离尘嚣，摆脱俗世，清心涤怀，乃大自然之神化也。而今读者，细细品味此作，揣摩诗中真意，浅吟低唱，自有把玩之趣。

钱塘湖春行

白居易

孤山寺北贾亭西，水面初平云脚低。

几处早莺争暖树，谁家新燕啄春泥。

乱花渐欲迷人眼，浅草才能没马蹄。

最爱湖东行不足，绿杨阴里白沙堤。

— 品读 —

我国自古就有"上有天堂，下有苏杭"之说，而杭州西湖（即诗中钱塘湖）更以其美景佳境而名闻天下。白居易时任杭州刺史，自然要尽洒才情，咏尽这片湖光山色。

"孤山寺北贾亭西，水面初平云脚低"，诗人在首句便告诉读者其游赏地点，是在孤山寺之北，贾亭之西。在此处观景，但见湖水初涨，渐平堤岸，故而天上云彩亦显得接近湖面，云脚降得较低。乍暖还寒的初春时分，"几处早莺争暖树，谁家新燕啄春泥"，莺雀争占向阳的栖身之巢，新回的燕子也飞入寻常百姓家，啄泥筑巢。这一联不仅写出春意盎然，而且呈现出蓬勃生机；不仅有莺燕争树啄泥之形，而且有莺燕交鸣之声。如果说这一联重点在"音"，那么下一联则落笔于"画"。"乱花渐欲迷人眼，浅草才能没马蹄"，百花竞放，争奇斗艳，纷乱点缀，在阳光照映下迷离耀眼；初生的小草尚只浅没马蹄，却已是绿意融融。一切都是那么富有生气和活力。诗人迷恋西湖美景，"最爱湖东行不足"，行至湖东，久久徘徊而不忍离去，因为这里是"绿杨阴里白沙堤"。据说这里是观赏西湖景致的最佳立足点，站在这一绝佳角度，饱览早春美景，流连忘返，痴迷不已，"最爱湖东行不足"便是自然的事了。

诗人怀着闲情逸趣之心骑马踏春，所以全诗写来恬淡惬意，趣味十足。写静景不失动感，状身外之物不乏内心体验，语言清新、平易、自然却又韵味无穷。尤其是"几处早莺争暖树，谁家新燕啄春泥""乱花渐欲迷人眼，浅草才能没马蹄"两联，对仗工整，且以一系列细节描绘出早春特有的美景，读来让人啧叹不已，遐想不尽。

惜牡丹花二首（其一）

白居易

惆怅阶前红牡丹，晚来唯有两枝残。
明朝风起应吹尽，夜惜衰红把火看。

— 品读 —

这首惜花诗写得别具一格。诗人为阶前的牡丹而惆怅。牡丹花形象如何？诗人没有写，读者尽可以发挥自己的想象。诗人为什么感到惆怅呢？"晚来唯有两枝残"告诉了我们：原本盛开的牡丹丛中，现在只剩下两枝残蕊了。诗人由此想到"明朝风起应吹尽"——明天大风一起，恐怕连这最后两枝花朵也会被吹落殆尽，那花香蝶绕的春景将会全部消逝。因此，"夜惜衰红把火看"，诗人秉烛观花，把蕊详看，正与残花窃窃细语。无谓的叹息是没有用的，还是趁花还未飘落，抓住时机多看几眼吧。

惜花的感受，《红楼梦》里林黛玉所吟的《葬花吟》写得更为凄切："花谢花飞飞满天，红消香断有谁怜……侬今葬花人笑痴，他年葬侬知是谁？试看春残花渐落，便是红颜老死时……"林黛玉由落花想到了红颜易去，然而她只是葬花，只能葬花。诗人由落红想到了什么呢？读者不得而知。但诗人在叹息的同时，还是积极地面对现实，秉烛观花。其实不仅是花，青春的欢乐、成功的喜悦，"洞房花烛夜，金榜题名时"，美好的事物、美好的时刻似乎都是那样容易消逝，总是等不及人们去细细体味、品赏，便无声无息，倏忽而去，为人们留下无限的惆怅。自然的规律、人生的规律都是如此，无法更改，怎么办？正确的做法也只能如诗人一样，珍惜这一刻、抓住这一刻。"莫等闲，白了少年头，空悲切"，"花堪摘时直须折，莫待无花空折枝"，这应该是正确的态度。

柳州二月榕叶落尽偶题

柳宗元

宦情羁思共凄凄，春半如秋意转迷。
山城过雨百花尽，榕叶满庭莺乱啼。

— 品读 —

诗人这首《偶题》，抒写的并不是一时的感慨、淡淡的闲愁，而是情与境交融、物与我相会、哀怨与凄清共集，低沉徘徊，意韵深重。

"宦情羁思共凄凄"，一个"共"字把萌生诗人心底、久久郁结的贬谪之情与异乡之思的哀怨和忧伤同时一泻而出。这种情思积在心中虽非一朝一夕，滋味分量也非仅深重所能述，诗人却只用了"凄凄"两字，以平淡的笔墨轻带而过，更见伤情之深。"春半如秋意转迷"承上句情之凄切，心移意乱，而启"山城过雨百花尽，榕叶满庭莺乱啼"的反常如秋之景。柳州之地的风俗人物，对于诗人这个身居异乡的逐客来说本已颇感殊异，而那儿的天色气候却偏也迥异于中原。初春，应是鲜花妩媚、小鸟鸣唱的季节，然而柳州的一场春雨过后，却是花瓣遍地、榕叶满园的秋意瑟瑟景象，搅乱诗人心思的同时，又勾起了他怀乡之念和贬谪之思的惆怅。十分悦耳动听的婉转莺鸣，在诗人听来也是"乱啼"，其实莺啼怎会"乱"，只是因为听莺之人心烦意乱罢了！

生活中的春色绝不会如诗人笔下所述的如此萧瑟、凄凉，只因诗人郁结的心绪才会有令人心烦意乱的景色。王国维云："有我之境，以我观物，故物皆著我之色彩。"这是对诗歌艺术的精练概括，其实又何尝不是深刻的生活哲理呢？

渔　翁

柳宗元

渔翁夜傍西岩宿，晓汲清湘燃楚竹。

烟销日出不见人，欸乃一声山水绿。

回看天际下中流，岩上无心云相逐。

▬ 品读 ▬

　　这首写景诗，描写的是寄情山水的渔翁生活，渔翁仿佛成了诗人山水诗中常任男主角。

　　夜幕降临，江流仿佛失去了白日的喧哗，漂流了一天的渔翁傍着江边的岩壁停船休息了。夜色茫茫，周遭寂静无声，天刚拂晓，大地尚未苏醒，渔翁已开始了新的一天的生活：他拎来清澈的湘江水，燃起枯竹准备晨炊。他的四周仍笼罩着雾霭。等到晨雾散去，灿烂的阳光照亮大地之时，已不见了渔翁的身影。青山绿水之间，一声摇橹的号子回荡在山谷之中。好一个行踪飘忽的神秘渔翁，竟是"夜半来，天明去"。

　　在这里，诗人仿佛与渔翁融为一体，独往独来的渔翁，泛舟中流，在青山绿水间纵情。他到底要寻找什么？他的目的地在哪里？我们不得而知，但字里行间，流露出渔翁超凡脱俗的心胸和对人生理想的不懈追求。渔翁的生活是多么自由自在，令人倾心，甚至"岩上无心云相逐"了。渔翁寄情山水，已与大自然融为一体。这个渔翁，是否就是诗人那颗向往自由的孤芳自赏的心呢？

苏东坡在评论这首诗时说："'烟销日出不见人，欸乃一声山水绿'，造语甚奇。熟味之，此诗有奇趣，结语虽不必亦可。"（《冷斋夜话》）这一看法虽颇多争议，但通过其评语亦可味柳诗之妙。

江　雪

柳宗元

千山鸟飞绝，万径人踪灭。

孤舟蓑笠翁，独钓寒江雪。

品读

这是一首描写渔翁在大雪纷飞的寒江上独自垂钓的山水诗，恰似一幅淡淡的水墨画。

在大雪飞舞的银色世界里，山上的鸟儿都看不见影子了，被大雪掩盖的一条条大路、小径上更是没有了行人的足迹。偌大的一个世界，此时变得多么空洞、静寂，天地之间，色彩是如此单一，平时喧嚣奔腾的江水，此时仿佛也失去了活力，只有飞雪中迷茫的一片，真可谓"大河上下，顿失滔滔"。在这幅银白色基调的山水画的一角，有一个很小很小的黑影，定睛细看，那是在寒江上披着蓑衣戴着竹笠的老渔翁，在一叶孤舟上垂钓于漫天雪花之中。

他此时的感受与心境如何？是怡然自得，超然物外，还是倍感天地之间只剩下一个"小小的我"，有说不出的孤独和寂寥？诗人没有明白告诉读者，但诗中那些色调极其冷峻的词语却能给读者一些启示，"鸟飞绝"，"人踪灭"，是大雪的缘故，还是心中失意的感触？"孤舟""独钓"更是景中有所烘托，衬出渔翁被冰天雪地包围时的孤立与冷清。

这首诗被一些评论家认为是描写隐逸生活的杰作。的确，《江雪》中的景和人物似乎都带有超凡脱俗、纤尘不染的淡雅，天地之间只有雪，大雪纷飞，水天一色；雪中的渔翁孤舟蓑笠，清高孤傲，似与一切凡尘俗事毫无牵绊。

另有评论家则认为，这是作者借这样一幅山水画来描写自己失意孤独的境遇和不与浊世同流合污的高傲品性。诗为作者永贞革新失败后被贬永州司马时所作，他当时的心境可想而知。希望过高，才会失望更甚。佛语曰："本来无一物，何处有尘埃。"如果诗人当时真的置身方外，就不会有"孤"与"独"的感慨了，所以一位外国汉学家说："这幅画实际是一张心理写生画。"此论不无道理。

菊 花

元　稹

秋丛绕舍似陶家，遍绕篱边日渐斜。

不是花中偏爱菊，此花开尽更无花。

⸺ 品读 ⸺

　　显然诗人是一个极其爱菊之人，"秋丛绕舍似陶家"，你看他在房前屋后遍植菊花，深秋时节，一丛丛菊花迎风怒放；走进院中，让人恍然以为是东晋陶渊明的庭院。"遍绕篱边日渐斜"，诗人陶醉于满院盛开的花丛之中，专心致志绕篱细赏，不觉太阳西斜。诗人在此以陶渊明自比，赏菊入迷，流连忘返，足见对菊花喜爱之深。那么，诗人因何喜爱菊花呢？他说："不是花中偏爱菊，此花开尽更无花。"百花之中，菊最后凋零；一旦菊凋，一年之中几无花可赏。既如此，诗人怎能不爱它呢？

　　诗人在诗中道出了菊花历尽风霜而后凋、百花之中最后谢的独特品格，这无疑是诗人爱菊的最重要原因，亦是菊花能得诗人喜爱的得天独厚之处。在诗人独特的爱菊之情中，也蕴含着生活的哲理：物以稀为贵。抛开诗的整体意境不论，"不是花中偏爱菊，此花开尽更无花"这两句，亦可作为人们对事物进行选择时所怀的某种独特心情的写照。

题李凝幽居

贾　岛

闲居少邻并，草径入荒园。
鸟宿池边树，僧敲月下门。
过桥分野色，移石动云根。
暂去还来此，幽期不负言。

— 品读 —

　　这首诗描写诗人对朋友隐居之地的一次探访，表达了作者对隐逸生活的向往。

　　诗人在一个夜晚前去寻访友人。"闲居少邻并，草径入荒园"，朋友隐居的地方很偏僻，没有什么邻居。诗人踏着长满野草的小径进入一个荒芜的小园，这时月光如水，万籁俱寂。老僧（即诗人）轻叩门扉，池边树上宿鸟纷纷惊飞。"鸟宿池边树，僧敲月下门"，宿鸟因敲门而惊。"过桥分野色，移石动云根"，夜访归来路上，过桥时只见月下小桥两边的原野扑朔迷离，景色各不相同。浮云游荡，映在山石上，仿佛是山石在移动。"暂去还来此，幽期不负言"，诗人在心里自语：我暂时离去，不久即当重来，不负共同归隐的约期。

　　关于这首诗有一个人们熟知的典故。《刘公嘉话》载：

贾岛在京师时，有一天骑驴上街，在驴上得"鸟宿池边树，僧敲月下门"两句，但不知是"推"好还是"敲"好，于是在驴上吟哦不止，并用手做推、敲之势，不觉冲撞了京兆尹韩愈的车驾。韩愈听完贾岛所云，立马良久，认为用"敲"字更佳。此后两人便常常互相论诗，成为至交。贾岛的苦吟在当时颇为有名，《临汉隐居诗话》载，贾岛得"独行潭底影，数息树边身"两句后，曾自注云："两句三年得，一吟双泪流。知音如不赏，归卧故山秋。"贾岛因此被时人称为"苦吟诗人"。

可惜苦吟诗人一生极不得志。他曾因考试落第，作诗发泄心中怨愤，为人所嫌，所以终身不能得第。传说他还不善于应付考试，自称不会写有"原夫"转承字样的赋，常向人求联。看来贾岛的失意，很大程度上是因为不通人情世故。这样一个只知苦吟的人，在那样的时代，也许只能归隐了。

八月十五夜玩月

栖　白

寻常三五夜，岂是不婵娟。
及至中秋满，还胜别夜圆。
清光凝有露，皓魄爽无烟。
自古人皆望，年来又一年。

═ 品读 ═

栖白是江南的一名僧人，宣宗大中年间曾住在长安荐福寺，为内供奉，赐紫色袈裟。

这首咏叹中秋月的诗作，语言平白直率，却颇富哲理。

诗一开头就直奔八月十五夜之月而去。诗人用对比的手法，写出中秋满月比平常的十五夜月更满更亮。而诗的结语"自古人皆望，年来又一年"，则与张若虚的"江畔何人初见月？江月何年初照人？人生代代无穷已，江月年年只相似"有着相通之处。

每个月的十五夜月亮都是要圆的，可月到中秋分外明。"寻常三五夜"的"婵娟"，衬托出中秋月"还胜别夜圆"。中秋月将清辉洒下，在寥廓的天幕映衬下，那光辉如此清幽、凝重，似含有露珠；望月之人身披月华，心情必然愉悦畅快，忘却尘世的一切烦恼。中秋月更圆既是一种季节变化的自然现象，也是人们的一种心理感觉。秋季，气候较为干燥，天空总显得秋高气爽，能见度大大提高，而且八月十五这一夜月亮与地球的距离最近，所以月亮就显得格外的明亮和圆满，给人以"清光凝有露，皓魄爽无烟"的心旷神怡之爽朗感。

这样的月亮，是从古一直圆到今的，一年又一年，一代又一代，人们不都是共享着这样的良辰美景吗？真是"人生代代无穷已，江月年年只相似"。宇宙无穷而人生有限，但人类的历史却是绵延长久的。因此，年年八月十五夜的圆月，总会有人来咏赞。于是乎，善感的诗人就会朴实地想到这样的月亮是"自古人皆望，年来又一年"。望月抒怀，总是前有古人，后有来者。

题 君 山

雍　陶

烟波不动影沉沉，碧色全无翠色深。

疑是水仙梳洗处，一螺青黛镜中心。

品读

　　这首清新俏丽的写景诗，恰似一幅水墨浓重而又细腻空灵的山水画，画中充满奇妙的想象与灵秀的诗意。

　　君山又名湘山，神话传说中舜帝的妃子娥皇、女英曾在洞庭湖山中遨游。屈原《湘君》云："驾飞龙兮北征，邅吾道兮洞庭。"君山上有舜妃墓。

　　诗人既写君山，自然离不开洞庭。而八百里烟波浩渺的洞庭在这里成了配角，用它来映衬君山之秀之美。于是诗人巧选角度，从君山在湖中的倒影写起。风平浪静的湖面上，清晰地映出君山凝重的倒影。山在水中，仿佛也要和水一比高低。然而"碧色全无翠色深"，那倒影的颜色如此青翠妩媚，在碧蓝的水中分外醒目鲜明。这宁静的湖光山色，多么令人陶醉，引人遐想。凝神望着那葱翠可爱的君山，不由想到那是否就是当时水仙对镜梳妆的地方。那波澜不兴的湖面就像一面巨大的明镜，秀丽的君山在水光天色映衬下，犹如菱花镜中一只小巧精致的青螺髻。

将洞庭比作明镜，将君山喻为青螺髻，这是诗人气魄宏大的想象，也是人与自然关系的一种反映。

《题君山》与刘禹锡的《望洞庭》可谓是描写洞庭湖光山色的两幅主题不同而立意相近的山水画。刘诗曰："湖光秋月两相和，潭面无风镜未磨。遥望洞庭山水翠，白银盘里一青螺。"诗中以水带山，以山写水；而《题君山》则以水写山，山色更比水色浓重。两首诗展现给我们的都是一种大自然的美。

咏写洞庭与君山的诗作很多，为我们今天游览这处风景名胜增添了不少奇趣。当我们面临洞庭，遥望君山时，仔细体味古代诗人奇异的想象，就会在对洞庭山水的热爱之中增添几分诗情与陶醉。

马诗二十三首（其四）

李 贺

此马非凡马，房星本是星。
向前敲瘦骨，犹自带铜声。

—— 品读 ——

李贺以其诗风"险怪"而著称。这首诗是李贺《马诗二十三首》中的第四首，虽然并不显得十分光怪陆离，但其想象却是极为独特的。

"此马非凡马，房星本是星"，这匹马不是尘世间的凡物，而是天上的星宿降落人间。古人认为马是房星所化，因此房星便是这匹马的本命星，岂能与凡马相提并论。别看它瘦骨嶙峋，相貌平平，然而"向前敲瘦骨，犹自带铜声"，倘若走上前去敲一敲这匹瘦马的骨头，就能听到"梆梆"声，如叩击金属时发出的声音一样铿锵干脆。这"铜声"显示出此马骨力坚劲的良好素质，也说明这匹马的精神就像铜铁一样坚不可摧。

如此一匹敲骨有声的非凡之马究竟是否真的存在，还是李贺加以夸张而使之具有了象征意义，这都不重要。然而当读者反复推敲、欣赏这首诗时，便会渐渐地淡忘此马的外在形象，只记得马所具有的内在精神——硬骨头精神。"向前敲瘦骨，犹自带铜声",不正是诗人自比自喻吗？瘦，意味着缺少脂肪，缺少肉，但不能缺少精神和应有的道德；瘦，意味着只剩下皮包骨头，可是这骨头不能软，而应"犹自带铜声"，有坚硬感。一千多年前的李贺尚能以瘦马硬骨自比，今人难道不应从中汲取什么吗？

鲤　鱼

章孝标

眼似真珠鳞似金，时时动浪出还沉。

河中得上龙门去，不叹江湖岁月深。

═ 品读 ═

鲤鱼，人人见惯不怪。红色鲤鱼是十分可爱的，它"眼似真珠鳞似金"，那两只圆圆的眼睛十分清亮澄澈，就像湿润饱满的珍珠；那一片片紧密齐整而均匀的红色鳞片就像金子一般闪闪发光。鲤鱼在波浪中跳跃翻腾，时而跃出水面，带起点点浪花，时而沉入水底，在水中自在地游嬉。"时时动浪出还沉"，在明亮的阳光照耀下，鲤鱼那跃出水面的身姿优美动人，那溅出的浪花银光闪闪……

鲤鱼不仅是餐桌上的美味佳肴，更是一种吉祥的象征。古时许多虔诚的信徒会特意买来鲤鱼再到江河边放生，以求善积德，因为人们相信鲤鱼如果跳过龙门就能成龙飞去大海。"河中得上龙门去，不叹江湖岁月深"，如果有朝一日，这河之精灵果真能跃过龙门，就不会再感叹它在江湖中苦苦修炼的漫长而难熬的岁月了。

传说鲤鱼过龙门是一种非常痛苦、非常可怕的考验，必须经受住肉体与精神的严刑酷罚的苦痛才能通过这仙凡之关，所以能九死一生过龙门的鲤鱼并不很多。而那些成为桌上美味的鲤鱼，那些虽壮志凌云却跃不过龙门的鲤鱼，是否也"不叹江湖岁月深"呢？这鲤鱼，似乎与这世上的人有相通之处，青春少年之时，谁不相信"天生我材必有用"？但经历几番拼杀几番浮沉，浑身布满疲惫的印痕，谁不会感叹"江湖岁月深"？

姚秀才爱予小剑因赠

刘　叉

一条古时水，向我手心流。
临行泻赠君，勿薄细碎仇。

═ 品读 ═

　　这不是一把寻常"小剑"，而是一把祖传宝剑。"一条古时水，向我手心流"，古人常以水喻剑，取其流动、凛寒和白光闪烁之意。诗人称自己的剑是"古时水"，足见其价值珍贵；而这把古剑终于流向自己的"手心"，又可知此剑乃其家传。家传宝剑，自然无比珍视，但因朋友喜爱，诗人便毫不犹豫地馈赠，此举更赋予宝剑以新的含义——友情重于器物。

　　如果说赠剑给姚秀才，显示了诗人的慷慨、大义，那么，诗人的嘱托则更体现了他高尚的思想境界。"临行泻赠君，勿薄细碎仇"，写诗人与姚秀才别离之时赠剑和留言。"泻赠"是因以水比剑而言，"勿薄细碎仇"是告诫姚秀才：不要用剑去解决个人的私仇和小愤（"薄"，接近意）。

　　古代男子以佩刀带剑作为闯天下、取功名的象征，刘叉在这首咏剑诗中，正表达了这样一种理想：好男儿当胸怀大志，自尊自强，报效国家，建功立业，这才是佩剑的真正意义。当社会发展至今天，佩剑虽不再是男儿立志的象征，但这首诗给予读者的激励当是强烈的。此外，诗人所说的"勿薄细碎仇"又可做这样的理解：干大事、成大业者，切勿因"细碎"的仇隙而干扰远大的目标。孔子早就说过："小不忍则乱大谋。"一个人如果不能忍一时之愤，而逞匹夫之勇，挟私斗狠，终不过是一轻薄儿而已。读此诗，当作如是思。

柳　絮

雍裕之

无风才到地，有风还满空。

缘渠偏似雪，莫近鬓毛生。

——品读——

这首咏絮诗写得别具一格。人所共知，柳絮轻盈、娇柔、洁白，但它的这些特点怎样才能体现出来呢？诗人巧妙地从柳絮与风的关系着眼，刻画了柳絮的特征。"无风才到地"，没有风时，柳絮就轻盈地从树上落下；"有风还满空"，风一起，哪怕是一阵微风，洁白的柳絮也会随风疾舞，宛若漫天白雪。从风与柳絮的关系，可见柳絮的轻盈、娇柔。那么，怎样形容柳絮的洁白呢？诗人说："缘渠偏似雪，莫近鬓毛生。"柳絮，你为何生得像雪，不要沾上人的头发，让人看起来好像两鬓已生霜。以柳絮似雪似白发，描绘了柳絮的洁白。

这首小诗不仅描画了柳絮的形象，而且暗寓一种生活理趣。"缘渠偏似雪，莫近鬓毛生"，柳絮是美丽的，但人们却不愿它沾上乌发，为什么呢？只因色白如雪的它一旦沾上头发，人就好像苍老许多，而谁又希望青春消逝呢？这里包含着一缕淡淡的人生忧患情感。

咸阳城西楼晚眺

许　浑

一上高城万里愁，蒹葭杨柳似汀洲。

溪云初起日沉阁，山雨欲来风满楼。

鸟下绿芜秦苑夕，蝉鸣黄叶汉宫秋。

行人莫问当年事，故国东来渭水流。

品读

这是一首登楼诗，先看诗题："西楼晚眺"，自是描写黄昏日落时的景致。诗人登上咸阳城西楼，并不是兴致勃勃，满怀激情，而是"一上高城万里愁"，刚一登楼，便觉得愁漫万里。一个"一"字，一个"万"字，不仅铺展出诗人一种伤感的情怀，而且将读者的视野拓开到一个极广阔的天地。一个"高"字，一个"愁"字，显示出愁的深广。诗人愁从何来？只因为"蒹葭杨柳似汀洲"。在这高城之上，诗人放眼远眺，那一片片芦苇丛深，那一排排青杨翠柳，岂不正像江南汀洲的风光？诗人家在江南，如今客游异乡，目睹这一幅画境，自然想到了自己的故乡。原来他的"愁"是乡思，诗人为"万里愁"找到了一个归栖之所。高城所见，除了类似家乡的风物外，诗人又见天边"溪云初起日沉阁"，更有"山雨欲来风满楼"。

咸阳城南的磻溪上升起半天霞云，不多时，但见夕阳西沉，隐没在城西的慈福阁后。日渐晚，天低云暗，沉沉如有山雨将至，而山雨来到之前，却是劲风吹满楼。山雨欲来，诗人却未就此下楼以避之，仍流连于高城，又见"鸟下绿芜秦苑夕，蝉鸣黄叶汉宫秋"。咸阳曾是秦与西汉之国都所在，盛极一时，而今却尽是废墟，几只山鸟相与往来翔跃；一望平芜，已是草青色，甚或是苔痕苍苍，夕阳铺照着秦城旧苑，一幅苍凉之景。落叶已无感觉，寒蝉在几片尚未飘零的黄叶间悲鸣，一丝声息，回荡在秋后的汉都残殿，勾引起一怀感时吊古之情。"行人莫问当年事，故国东来渭水流。"行旅往来过客，诗人亦是其中一个，来也匆匆，去也匆匆，又何必问当年之事。其实，当年之事正是诗人此时欲问而无人能答的问题；而今他于高城上临风观景，眼见得秦苑汉宫的断壁残垣，来故国游历的兴致顿时换成了沉思：故国不堪回首，唯有渭水向东流去……

这是一首写景诗，也是一篇登临怀古的绝佳之作。其韵味尤在"山雨欲来风满楼"一句，它既符合生活的真实（人人可以想见），又形象地显示出大自然的力量和深邃的内涵。特别是"满"字，极为精练。风满于楼，可见风力之足，给人一种充实之美；另一方面，"风"照应首句之"愁"，便是风满楼愁亦满楼了。风裹体而愁萦怀，风实而愁虚，别是一种韵味。

后人又将"山雨欲来风满楼"所反映的生活现象赋予哲学含义，以比喻某时某事爆发之前的情势，则更是发人深省。这种境界，大概是许浑当初赋此诗时所未料及的吧。

题金陵渡

张　祜

金陵津渡小山楼，一宿行人自可愁。
潮落夜江斜月里，两三星火是瓜洲。

◦ 品读 ◦

　　张祜在政治上曾受排挤，失意后遍游江南，所到之处均有他的题咏。此诗就是诗人游至金陵渡（在今江苏镇江），羁留旅乡时的诗作，轻语妙言间道出的是恰如其分的孤旅之愁。

　　"金陵津渡小山楼，一宿行人自可愁"，游子行人行至金陵渡时已是深夜，渡口船已停摆，无法过江，只得留宿于旅馆小楼一晚。一个"愁"字，托出诗人凭窗而望时心里泛起的那份惆怅；"可愁"，则一解这份愁的沉重与深怨，多了分轻俏。虽是求官不遂，落拓失意，独行孤旅，思家念远而生"愁"，但言出却不重，与场景、心境和月夜均情调谐和。虽是朴实、平淡的叙述，却让读者觉得字里行间蕴藏着什么。这份搅扰每个行人的"愁"，真的弥漫于津渡不散了吗？看，"潮落夜江斜月里，两三星火是瓜洲"，小楼内外，夜阑人静，潮落江平，皓月横空，斜晖脉脉，隔岸瓜洲渡口三三两两的灯火隐约地跳动了几下。前方那星火闪耀的瓜洲是诗人的下一个渡口，诗人在这美丽夜景中准备奔赴那儿了。两三点闪烁灯火的点入，使一幅静谧、幽寂的图画顿时充满生气；小小渡口借夜空月影与闪烁的星火而显出一种朦胧的美。视线自山楼小窗而发，由月华横江的"面"到两三星火的"点"的转换，使整个画面活跃起来，而火光、沙洲、色彩的搭配点缀则使夜景别富情致，令诗人的轻愁一扫而光。

"两三星火是瓜洲"，寄托了诗人的一丝希望。也许往日的旅行追寻并没有给失意的诗人以安慰，但星火闪处的下一站，该会有一些温暖吧！这种心情体验当为因失意而求索的人所共有。

江 南 春

杜 牧

千里莺啼绿映红，水村山郭酒旗风。

南朝四百八十寺，多少楼台烟雨中。

── 品读 ──

写诗难，难在意境的创造，要么"不著一字，尽得风流"，要么"取语甚直，计思匪深"。而像杜牧这首《江南春》七绝，既不似蓄而不吐，又非状写实境，却是诗中之精品，最耐细细把玩。

"千里莺啼绿映红"，首先向读者展示了一幅长轴山水：辽阔的大地上，春色千里，处处莺歌百啭，姹紫嫣红，万绿衬点红，点红缀万绿，真是画不尽、赏不完。有的评论家曾批评道："千里莺啼，谁人听得？千里绿映红，谁人见得？若作十里，则莺啼绿红之景，村郭、楼台、僧寺、酒旗，皆在其中矣。"这种意见其实是迂腐的，因为即便是"十里之间"，又岂能尽见"莺啼绿红"之景？而"千里"之间，则显得意境空灵。茫茫千里，万物俱备，仿佛是"超以象外，得其环中"。但诗人又在这千里景中抽出几个实物："水村山郭酒旗风"。山山水水，一村一郭，星星点点的小酒店门前，小旗迎风招展。这一静一动，从总体上显示出春季江南祥和、安宁的气氛。有人说最美的景致或艺术，莫过于人类活动的加入，是有道理的。试看这一诗句，看似无人，但这村郭、这酒旗，再伴以大自然的和风，便构织成一幅极美的画面。这是实景，又透出虚空，不得见其主，不得闻其声，唯闭目遐思，为后两句做了铺垫。"南朝四百八十寺，多少楼台烟雨中。"这是诗人的感叹，是说南朝有多少僧寺，那座座楼台空阁，而今皆隐没于迷蒙烟雨之中，无可明辨。"四百八十寺"只是泛指，以极言其多。此一句，后世也多有评议。有人认为诗人是感时怀古，前朝无数寺庙，哪怕辉煌一时，也经不住风雨的磨洗，如今隐于烟雨，谁能识得？也有人认为诗人借南朝广建寺庙之史讽喻当世之事，南朝那四百八十寺，如今不也都埋没于大自然，又能给后人留下什么呢？可当今朝廷再兴建庙之风，不过是劳民伤财而徒劳无功矣。其实，如果读者都按照这个思路来赏评此句，则诗味尽失，因为杜牧在这里不过是借用"寺庙"代指"楼台"，出发点是描绘出一幅巨大空蒙的水墨画。如此而已，读者千万莫因穿凿诗中"治国平天下"的政治含义，而扫了游山玩水的雅兴。

齐安郡中偶题二首（其一）

杜　牧

两竿落日溪桥上，半缕轻烟柳影中。

多少绿荷相倚恨，一时回首背西风。

— 品读 —

　　杜牧的写景诗以其风格清新、淡雅而素为人们所喜好，他尤其擅长将自然景物渲染上人物的情感，于无意中以景写情，融情于景，韵味悠长。《齐安郡中偶题》便是这样一首优美的小诗。

　　诗人漫步于齐安郡（今湖北黄州）中某处清溪岸边，其时落日尚有两竿之高，夕阳金辉融入溪面，洒向溪上的小桥。"两竿落日溪桥上"，巧妙地点明了时间："两竿落日"，不是清晨正午，也不是黄昏日暮；又点明了地点："溪桥上"。在小桥流水的佳境里，在"两竿落日"的辉映下，又有"半缕轻烟柳影中"。这轻烟，是暮霭初漫，淡如薄纱，方才半缕，隐现于岸边垂柳的倩影中。为何只有半缕？为何烟霭如此轻盈？为何柳影微微？都只因"两竿落日"。日未西，渐近黄昏，暮烟缓起，淡而弗聚，迷蒙于垂柳之间，微渺处，自是且向柳间留夕照。

　　诗的前两句意境雅淡，更兼对仗工整，音韵和谐。但细心的读者一定会感觉出，在这番景象中，落日、轻烟、柳影，似被作者染上一层迷蒙的愁意。这一点，在后两句中表露得十分明白："多少绿荷相倚恨，一时回首背西风。"水中绿叶红荷，一丛丛，一簇簇，相偎相倚；一阵秋风掠过，片片荷叶顿时回过脸去，背对袭来的凉意，好一幅风翻荷叶的动态图画。

　　诗的后两句用拟人手法，将荷叶的姿态描写得十分生动。但风荷本是无情物，怎能"相倚恨"，又何必"回首"？其情缘何而生？原来"一切景语皆情语"，是诗人自己将伤感、哀愁写在荷叶上，以寄托"岁月无情""人生苦短"的慨叹。荷叶是清香的，荷花是高洁的，但却生不逢时，最易被秋风吹残。"当年不肯嫁春风，无端却被秋风误"，被命运捉弄，被无情的外部环境所摧残，这种幽怨和无奈，岂只是"绿荷"？于诗人，于许许多多不得志者，在人生"回首"之时，能不"相倚"而"恨"？

齐安郡后池绝句

杜　牧

菱透浮萍绿锦池，夏莺千啭弄蔷薇。
尽日无人看微雨，鸳鸯相对浴红衣。

━ 品读 ━

　　宋朝有一组无名氏《九张机》词，其中《四张机》曰："四张机，鸳鸯织就欲双飞，可怜未老头先白。春波碧草，晓寒深处，相对浴红衣。"缠绵悱恻，动人柔肠，向为人们称赏。实际上，词中最美的一句"相对浴红衣"，就出自杜牧的这首《齐安郡后池绝句》。

　　诗人写的是郡衙后院的一方小池，水色碧绿，水面上浮萍涨满，朵朵菱花穿透浮萍叶，点缀其间。"菱透浮萍绿锦池"，在这初夏时节，在这绿色世界里，小池显得如此幽静，就像一幅美丽的绿锦，无声地铺展开来。然而夏日又是喧闹的，充满了生命的活力。"夏莺千啭弄蔷薇"，小池畔，黄莺千啭百啼，嬉戏穿梭于枝间花丛，别是一番景趣。诗人似乎在作画，于青绿底色上又挥笔绘出几只莺，几丛花。初夏的小黄莺儿，毛方嫩黄；而蔷薇亦多黄色。这几处新黄，更衬托出春末尚留的一点祥和与夏季将临的活泼气息，把整个画面也带得生动起来。

初夏多雨，可是"尽日无人看微雨"，没有人在这日子里观赏如丝细雨，只有诗人驻足于斯，静观"鸳鸯相对浴红衣"。鸳鸯双栖，双戏水，让人觉得悦目、赏心，更加领会到生活的乐趣，而在色彩上，诗人将红色放在最后，绿色对比最为鲜明，是名副其实的点睛之笔。试看：绿菱，绿萍，绿锦池；黄莺，黄花，黄蔷薇，中间点缀上红锦鸳鸯双浴红衣，多么秀丽、和谐、完美的写意画！

诗藏画，画写诗，这是中国古代诗画家的艺术追求，已为许多成功的文学、艺术作品所证明。当代著名美学家宗白华在谈到作诗时也说："我们要想在诗的形式方面有高等技巧，就不可不学点音乐与图画（以及一切造型艺术，如雕刻、建筑），使诗中的词句能适合天然优美的音节，使诗中的文字能表现天然画图的境界，况且图画本是空间中静的美，音乐是时间中动的美，而诗恰是用空间中闲静的形式——文字的排列——表现时间中变动的情绪思想。"杜牧这首《齐安郡后池绝句》就是这种综合艺术的典范，对于当今每一位想作诗的人来说，足可从中获得教益与借鉴。

寄扬州韩绰判官

杜 牧

青山隐隐水迢迢，秋尽江南草未凋。
二十四桥明月夜，玉人何处教吹箫？

品读

扬州在唐代是一座经济文化繁荣的江南名城，佳人如花，美景如画。此篇虽为抒写友情，但诗行中满溢着诗人对扬州的赞美与怀念。杜牧曾在扬州淮南节度使牛僧孺府中做幕僚，其间的风流韵事时有所闻，因而"十年一觉扬州梦，赢得青楼薄幸名"。而韩绰是他意趣相投的同僚。

繁华热闹的扬州城连着诗人多少温情多少眷恋，他举目遥望，但见青山绵延，隐没在蓝天的尽头，绿水悠悠流向远方。此时的江南，虽然秋天将尽，但草木尚未凋零，大地仍是一派清新旷远的景色，已远离旧地的诗人，怎不会深情地怀念那美丽如画的江南风景，怀念那仍在温柔之乡的故人？

扬州之美，最美乃是"二十四桥明月夜"。二十四桥有着美丽的传说，因古时曾有二十四位美人在桥上吹箫而得名。可以想见，这地点、这时间曾给诗人留下极其深刻而美好的印象，而扬州城的夜生活又是何等的繁华热闹、温柔甜蜜。长街之上车喧人欢，高楼红袖花枝招展，在柔和明亮的月光下更显得楚楚动人，此时此刻，诗人不由得想知道"玉人何处教吹箫"，他那风流倜傥的友人，又在哪儿怜香惜玉，教那些美丽女孩子吹箫呢？虽是以调侃之口吻关注对方的行踪，然而彼此间的深情已在调笑中展露无遗了。

从唐人诗中看，扬州是个令人神往的地方，徐凝《忆扬州》感叹："天下三分明月夜，二分无赖是扬州。"当李白送孟浩然"烟花三月下扬州"时，心中何尝不也充满羡慕与美好想象？一个人能生活在这样一个人间宝地，真是一种福气。但不知今日扬州是否佳人依旧？美景依旧？明月依旧？

清　明

清明时节雨纷纷，路上行人欲断魂。

借问酒家何处有，牧童遥指杏花村。

品读

　　清明，是农历二十四节气之一，也是民间的传统节日。人们在这一天与家人共聚，并到已故亲人的墓地祭奠凭吊，表达哀思。而作为游子，因漂泊异乡不能与家人团聚，不能亲自祭扫亲人坟墓，其寂寥、惆怅之情自可想见。杜牧的名诗《清明》表露的就是这样一种心绪。

　　"清明时节雨纷纷，路上行人欲断魂"，雨丝纷纷洒落在乍暖还寒的季节里，洒落在清明这一天，一种迷蒙，一种凄清，洒落在穷途苦旅的游子（"行人"）的心上。"行人"魂已断，断肠人在天涯。春怨，离愁，乡情，孤恨，此时唯有酒能消除。"借问酒家何处有，牧童遥指杏花村"，诗人向一牧童打听何处有酒家，牧童不言，只信手向远方一指，但见前方烟雨迷蒙处，杏花掩映，村舍前酒旗依稀可见。这是一尊极美的雕塑，将人物形象、诗的意境都定格了。至于诗人此后如何循杏花觅酒家，如何把酒吟句，如何沉醉不知归路，读者都不得而知，也不必深究了，因为这是一种无言之美，极致之美，所谓"天地有大美而不言"。所以，这首诗的绝佳之处正在牧童于雨纷纷、行人断魂、诗人问酒家之时的一指。这一指，给人一种距离感，返虚入深，造成一种画境、诗意，是深微奥妙、曲尽蹈虚的创意。

杜牧俨然是一位美学大师，他在笔墨有无之间，因心造境，以手运心，虚而为实，于天地之外，别构一种灵奇，终于使得这首诗成为千古吟诵不衰的绝唱。它所包含的艺术意蕴可谓无穷，例如有人曾将此诗改为一幕小小的情节剧：

清明时节。雨纷纷。

路上行人：（欲断魂）借问酒家何处有？

牧童：（遥指）杏花村。

又有人把诗改作词：

清明时节雨，纷纷路上行人，欲断魂。借问酒家何处，

有牧童，遥指杏花村。

这些颇近文字游戏，但说明杜牧《清明》诗如同一座艺术宝藏，有意挖掘，终有收获，必能博得会心一笑。

放　鱼

李群玉

早觅为龙去，江湖莫浪游。
须知香饵下，触口是铦钩。

━ 品读 ━

这是一首咏物喻世的佳作，新颖独特，意味隽永，哲理深刻。

首句"早觅为龙去"，以《水经注》中"鲤鱼跳龙门"的典故入诗，希望鱼儿早日寻觅捷径成龙升天，而不要徘徊游荡于江堤水浅之处，入深水方可成蛟龙。"江湖莫浪游"，是诗人对鱼的殷殷期盼，也是放鱼的目的，并一再叮嘱莫浪游于江湖岸边，以免上当受骗。为什么呢？"须知香饵下，触口是铦钩"。要知道，江堤，浅水边多有垂钓者，那敷设的鱼饵虽然甘美，一旦入口却是钓钩之祸，再也挣脱不掉，终不免丧生于刀俎。在这里，诗人通过对放生之鱼近似荒唐却不无诚恳的叮咛，说明世道之险恶多变，唯望鱼儿莫受香饵的诱惑，以致毁了自身的前程与理想。

生活中处处有"香饵"的诱惑，但香饵之下却又处处有"铦钩"。有的人头脑清醒，分辨力强，不为"香饵"所动，所以能够趋利避害，免却铦钩之祸，最终还可跃过龙门，升入一种高尚的境界。有的人却不能，贪小利而失大节，甚至自我毁灭。其中教训，岂只是说给鱼儿？

咸阳值雨

温庭筠

咸阳桥上雨如悬，万点空蒙隔钓船。

还似洞庭春水色，晚云将入岳阳天。

品读

　　唐末才子温庭筠向是多情善感之人，他的闺情词、山水诗尤其华丽不凡，为世人所喜爱。

　　本诗就是他作品中很美的一首雨景诗。一日，咸阳正逢大雨瓢泼，"咸阳桥上雨如悬"，诗人站在长安城外的咸阳桥上，看着似幕布悬天的雨，突然雅兴大发，或是感情所至，遂忘我投入地欣赏起渭水上的景色，似曾相识的雨景让多情才子迈不动脚步。看着烟雨蒙蒙的江面依稀少见的几只钓船，确是"万点空蒙隔钓船"，令诗人不禁想起江南水乡。每逢梅雨季节，江南日日连绵细雨，洞庭湖上不就是这种烟波浩渺、水天一色的景观吗？"还似洞庭春水色，晚云将入岳阳天"，黄昏时分，水蒸云蔚，随风飘动，好像要覆盖整个岳阳城。这一番江南水乡之景是诗人为眼前景致所迷而联想起来的洞庭雨景，诗人徜徉在想象的世界，怀疑自己是否置身北国，神情似乎有些恍然。这种思绪的跳跃是诗人对洞庭水乡的一种眷恋和向往。也许他曾游过洞庭湖，那种云蒸雾绕的景观留给他终生难忘的印象。所以在异时异地逢此天气，不可避免地重勾出心底的记忆。

这就像面对一件自己珍藏了很久的有纪念意义的物品，一旦看见它，脑海中就自然浮现起彼景彼情。因此诗人写来也衔接自如，地点的突变没有给人突兀之感。读者可以认为诗人或许是在思念南方的某个友人、恋人，在凝聚了千千万万悲欢离合故事的咸阳桥上徘徊，虽然"雨如悬"，却并不厌恶这雨、这雾，反而有一种亲切感、久违感。这雨引起的联想是不是可以减轻他的思念之苦，抹去一点孤独寂寞，我们不得而知。但从"晚云将入岳阳天"一句来看，似乎有某种兆示，透着晚霞亮光的云彩飘向岳阳城上空，古城是否将再次接受春雨的洗礼？看来诗人的心境并不黯然，似曾相识的咸阳雨也像南国春水一样让他欢喜。

嘲　桃

李商隐

无赖夭桃面，平明露井东。

春风为开了，却拟笑春风。

—— 品读 ——

桃花当然是美艳的，"无赖夭桃面，平明露井东"，可爱艳丽的小桃花在水井旁活泼地绽放着花蕊，那平静深碧的井水中也倒映出桃枝光彩洋溢的花影。井边一树桃花，这本身就是一幅生动的写意画，充满了诗意与色彩的明暗对比。

桃花的美丽还在于它早开，桃李报春，得风气之先。你看那妖艳的花枝在和暖的春风中摇曳招展，风姿绰约，确是迷人。然而，就在桃花得意扬扬的时候，它忘了是谁将它催开。非但如此，它还一边炫耀它的美艳，一边却嘲笑它的恩人——春风的无形无色。"春风为开了，却拟笑春风"，何等薄情，何其忘恩负义。

美艳是值得骄傲的，但不可因此而自炫；美艳也不全是天生的，有时会得益于各种有利条件，所以，更不可因此而忘乎所以。"嘲桃"是一种比喻，此诗讽刺了桃花在春风中扬扬得意之态和忘恩负义的恶行，愿人们以"夭桃"为戒。

乐 游 原

李商隐

向晚意不适，驱车登古原。
夕阳无限好，只是近黄昏。

品读

乐游原是唐时都城长安东南的一处旅游胜地，原为汉宣帝时所造的乐游苑。乐游原地势较高，宽敞开阔，附近有曲江、芙蓉园等名胜，当时长安人喜到此游玩。

这天傍晚，诗人李商隐驱车来到了这片古原。为什么要在傍晚登原呢？诗人说："向晚意不适"。愁因薄暮起，傍晚时分天色朦胧灰暗，在诗人心里勾起莫名的怅惘。到古原去散散心吧！于是诗人驱车登上古原。可以想见，此时的乐游原，已经游人离去、热闹散尽，从一天的嘈杂中沉寂下来。诗人登高四顾，渺无人际，风吹草低。他心中的怅惘已消去不少，这时西边夕阳，正在拼力散发出它一天中最后的光辉，多么灿烂！夕阳牢牢抓住了诗人的视线，于是他不禁脱口而出"夕阳无限好，只是近黄昏"。在这一瞬间，诗人脑海中时代没落、身世迟暮、壮志难酬等种种复杂深沉的感情，都因看到这美好的夕阳即将消失在黑暗中而引发出来，他在心里慨叹：为什么美好的东西，总是那么容易消逝呢？

　　"夕阳无限好，只是近黄昏"，诗人在此抒发了一种对美好而又易逝的事物的流连与惋惜之情，一种无可奈何的感伤。这种感伤也是人的审美体验的一个过程。对落花、夕阳，早生的华发、皱纹，人们都可能感伤，而感伤成为人的情感的出口。在这一情感过程中，人的情感得到了释放，同时也进一步欣赏了事物的美。人们赞美旭日，也应倍加珍视夕阳。

晚　晴

李商隐

深居俯夹城，春去夏犹清。
天意怜幽草，人间重晚晴。
并添高阁迥，微注小窗明。
越鸟巢干后，归飞体更轻。

品读

　　初夏一个清和的傍晚，诗人步出俯临夹城的幽僻的住所，凭高览眺难得的晚晴。久雨初晴的大地，空气清新，夕晖映照，一片生机，"深居俯夹城，春去夏犹清"，诗人的心情变得明朗起来。久遭雨霖之苦的小草，忽遇晚晴，得以沐浴余辉而平添生机。诗人顿生"天意怜幽草"之想：大概是苍天怜爱小草才放晴的缘故吧。或许是诗人特殊的经历使然，他一反常人对虽美好却匆匆流逝的事物的惆怅，发出"人间重晚晴"的呼声，晚晴是美好的，晚晴虽短暂却来之不易，要珍惜它。

　　站在诗人居住的楼阁凭高眺望，视野更加广阔，但见夕晖斜斜地、柔柔地照过来，在小窗上轻轻地流动，带来了些许光明。久暗的屋子变亮了，"并添高阁迥，微注小窗明"；放眼朝远处望去，"越鸟巢干后，归飞体更轻"，飞鸟扇动羽翅，轻快地飞回自己的窝巢。飞鸟因天晴巢干晚归而喜，诗人因托身有所、心情愉快而乐。这大概是诗人目睹宿鸟归飞而未像常人徒生旅人羁愁的原因吧，或许他对未来更好的境遇正抱着一怀希望。

　　自然与人是息息相通的。在心绪烦乱的时候，抑或是在郁郁不得志的心境之中，对美丽的自然风景的匆匆一瞥，也许就能使人心灵洞彻，涤荡所有烦恼，产生如禅宗所谓的"顿悟"。李商隐在政治生涯极不得意之时，因这美好晚晴的触发，不由看到了生活的曙光，又有了"越鸟巢干后，归飞体更轻"的期盼。生活中的人们，在心情烦闷时，何不到自然中去走一遭呢？

蝉

李商隐

本以高难饱，徒劳恨费声。
五更疏欲断，一树碧无情。
薄宦梗犹泛，故园芜已平。
烦君最相警，我亦举家清。

＝ 品读 ＝

李商隐之"蝉"与虞世南、骆宾王之"蝉"不同，是一只满腹牢骚却亦不失本性之"蝉"。

"本以高难饱，徒劳恨费声"，蝉栖身于高树，餐风饮露，可高处之露毕竟难以饱肚。它想把自己的痛苦和烦恼向人诉说，但又有谁肯倾听呢？只是徒然浪费它的嗓音罢了。蝉为着自己的凄苦而昼夜不停地鸣叫着，至五更时分，它已精疲力尽，声音嘶哑得快叫不下去了，"五更疏欲断，一树碧无情"，可它置身其间的树并不因为它的哀鸣而动容，依然是那样郁郁葱葱、营养丰富的模样。这可真是令人难以忍受的冷漠与无情。在蝉看来，它哀怨悲凉的鸣声，就是铁树听了也该为之难过的呀。

听见蝉鸣，诗人不禁触景生情，想起自己与蝉无二的命运。

"薄宦梗犹泛，故园芜已平"，诗人做的是幕僚这样的小吏，薪水微薄难以养家糊口，辗转漂泊，犹如在洪水中随波沉浮的木头，孤立无依，而想起故园，恐怕早已是荒草连天，无法作安身之所了。树上的蝉与树下的诗人境类心通，蝉在树上饥鸣，诗人亦是清贫窘困，"烦君最相警，我亦举家清"，树听不懂也听不见蝉的诉说，但诗人却从蝉声中听出了自己的命运。

从唐代这几首有名的咏蝉诗中，可明显看到处境与诗人对蝉的感受之间的关系。虞世南身居高位，所以赞蝉是"居高声自远，非是藉秋风"，而骆宾王身陷囹圄，自然发出"露重飞难进，风多响易沉"的哀叹，而做小幕僚的李商隐则为现实的生活境遇所苦，觉得蝉也是"本以高难饱，徒劳恨费声"，颇多牢骚与怨言。

世间毕竟还有很多不平之事，谁敢保证所有的人听见蝉鸣都会觉得悠扬动听、心情愉悦呢？

牡丹四首（其三）

薛　能

去年零落暮春时，泪湿红笺怨别离。
常恐便随巫峡散，何因重有武陵期。
传情每向馨香得，不语还应彼此知。
欲就栏边安枕席，夜深闲共说相思。

品读

在这首诗中，诗人自拟牡丹，与牡丹结友，向牡丹倾吐爱恋，曲折缠绵，感人肺腑。

"去年零落暮春时，泪湿红笺怨别离"，面对盛开的牡丹，诗人兴奋不已，不由想起去年暮春别离时的情景。"常恐便随巫峡散，何因重有武陵期"，常常担心与情人离别后如巫山云雨不复再来，然而竟有再度相逢，重逢的极度喜悦让人不敢相信。这里用楚襄王与巫山神女梦中幽会和武陵渔人意外发现武陵源的故事，为花人之恋蒙上迷幻色彩。"传情每向馨香得，不语还应彼此知"，花以馨香传情，彼此不语，心却相知。"欲就栏边安枕席，夜深闲共说相思"，恐再次别离，唯愿安席栏边，与花同眠，共说相思。

花人之恋情意缠绵，却透出浓重的凄凉。以花、木为友者，人间不乏见，古人即有"松、竹、梅岁寒三友"之说。然而以花为恋者毕竟不多。以花为恋者，多因与花久处，日久生情，而因不得人间爱情，无奈向花寻恋，真是哀痛之极。

雪

罗　隐

尽道丰年瑞，丰年事若何？

长安有贫者，为瑞不宜多。

━品读━

有一则民间故事是这样说的：一次，天降大雪，气候寒冷异常。这时，一位秀才见雪花飘飘扬扬，便脱口吟道："大雪纷纷落地。"恰巧一位官员经过，想到皇上的恩德不禁联上了第二句："正是皇家瑞气。"旁边有一位商人，想到下雪之时正好推销防寒商品，于是也凑了一句："再下三年何妨。"他们的"诗"偏偏被一位乞丐听到了，心想：你们都如此悠闲，可知道下雪冻死的是穷人啊，于是气愤地总括出第四句："放你娘的狗屁！"

这故事说明，对同一件事情，各人因自己的出发点和所处地位的不同，便会有迥异的看法。比如说"瑞雪兆丰年"，许多人都认为不错，其实，"尽道丰年瑞，丰年事若何"？诗人罗隐问道：人人都说瑞雪兆丰年，其实预兆丰年又怎样呢？预兆毕竟是预兆，其结果要等到来年才能验证。可眼前，"长安有贫者，为瑞不宜多"。眼前就有穷人会因下雪而冻死，所以，

"瑞雪兆丰年"的话还是少说些吧!

少说些空话,少开一些"空头支票",多办一些眼前的实事,老百姓自会欢迎,否则就会遭到罗隐式的讽刺:"长安有贫者,为瑞不宜多"。

蜂

罗　隐

不论平地与山尖，无限风光尽被占。
采得百花成蜜后，为谁辛苦为谁甜？

品读

　　一只蜜蜂往来穿梭于花丛间，它辛劳忙碌，平原之地、高山之巅，只要有鲜花盛放便有它的影子。小小蜜蜂独领了多少风光？有人或许会因此嫉妒。是褒？是贬？小蜜蜂独占风光真的便是为了自己享尽这片风光吗？"采得百花成蜜后，为谁辛苦为谁甜"？它如此勤作，往返不歇，采蜜酿蜜，需多少工夫。而遍采百花酿成蜜糖后，又是谁人享受了它的辛苦，谁人尝到了这份甘甜？蜜蜂命限极短，虽占尽风光却一心采花成蜜，一番辛苦后将所酿之蜜留予他人。谁有这种品性？当褒当贬已不言而喻，此种风范更应为人传习。

　　此诗语言平易却含意深广，罗隐借蜂喻人喻世，以欲正故反的手法先说蜜蜂占尽风光，让人不解其意，继之以一反问，似嗔怪，如不平，流露出的却是满怀崇敬。相比之下，诗人所讽喻的对象亦含于其中，是否有人只品甘甜不解辛苦，或占尽风光不愿采花酿蜜？悟性高的读者自可心领。

题 君 山

方　干

曾于方外见麻姑，闻说君山自古无。

元是昆仑山顶石，海风吹落洞庭湖。

品读

　　君山是洞庭湖中的一座风景秀丽的奇山，许多文人骚客慕名来此一游，感叹于君山的突兀、奇特，却不知其来历，纷纷展开大胆的想象，于是神秘的君山又惹来不少神话故事。

　　传说众神仙中有一位麻姑，曾三见沧海变成桑田，堪为见多识广之神。因此诗人托说于方外见到麻姑，寻问君山的来由，麻姑告诉他，君山古时是没有的，那本来是昆仑山顶的一颗灵石，被海风吹落到洞庭湖中。昆仑山在古人心中是与天宇接界的，传说是神仙居住神游的地方，上有瑶池阆苑和美石美玉。昆仑山的一切都是有灵性、有仙气的，所以诗人的大胆想象有让人信服的理由。

　　君山不仅以其秀美吸引人，还以其神秘色彩打动人，人们都想知道这座奇山的成因，因为它太与众不同了。在那个科学勘测不发达的时代，人们只能用想象来满足好奇，而想象合情合理也不无美感，似乎比现代的地质成因报告更富有人情味，更易让人接受，因为神话也代表着人们的一种期望。看来君山的灵气自古使然，着实令不少诗人为描写它而煞费苦心，这也许正是"湘中山"独有的魅力。君山来自仙境的传说，它秀丽迷人的景色、奇特的坐落位置让人觉得这首诗所作的猜测不容怀疑。君山既然如此不寻常，因而人们也就难以抑制亲历游览的好奇心，读过此诗之后，不免心向往之。

一 枝 花

何希尧

几树晴葩映水开，乱红狼籍点苍苔。
东风留得残枝在，为惜余芳独看来。

▨▨▨ 品读 ▨▨▨

这是典型的晚春景象：春日艳阳下，还有几树鲜花绽放，
美丽的花树倒映在碧绿的水中，显得明艳迷人，分外妖娆。但
毕竟已是暮春时节，春风吹过，落英缤纷，残红成阵。那"狼
籍"的"乱红"坠落在翠绿的苍苔上。"几树晴葩映水开"，
那是春色的美丽，而"乱红狼籍点苍苔"，则是春去的感伤。

那催开百花又吹落百花的东风倒也还有些情意，在将枝
头的花瓣吹得七零八落后，还记得"为惜余芳独看来"，为了
怜惜袅袅的余香，还记得来看一看那些残枝。可以想象，当这
一阵东风吹过，枝头很快就要焕然一新，长满青翠的新叶。

有一首诗这样描写春风与春花的关系："春日春风有时好，
春日春风有时恶。不得春日花不好，花开又被风吹落。"的确，
没有春日的照耀，春风的吹拂，百花不会盛开。但随着春天的
慢慢消逝，那娇美的花儿又在春风中凋谢飘零了。

但这晚春的景色仍值得人们留恋，"几树晴葩映水开"，

晚开的花儿在渐渐绿肥红瘦的背景映衬下，显得格外鲜艳醒目，它们为人们把将要归去的春天再留住一阵子，带给人们意外的惊喜。《一枝花》就像一幅工笔写意画：几树饱满鲜丽的花枝绽放，无数粉蝶在花丛中飞舞。仔细看时，会发现画的一角有着纷纷点点的花瓣，预示着花将凋谢，春将归去。

月

嫦娥窃药出人间，藏在蟾宫不放还。

后羿遍寻无觅处，谁知天上却容奸。

── 品读 ──

月亮给人以美好的联想，月里嫦娥更是人们心中冰清玉洁的仙子。而诗人却偏要向人们说明月亮的真面目：嫦娥原是一个背弃丈夫的不义的妻子。

神话传说后羿射落九个太阳得罪了天帝，和妻子嫦娥一道被贬出天庭，成了命不过百年的凡人。后来，后羿历尽千辛万苦到昆仑山西王母处求得长生不老药回来，准备择吉日与妻子一同服下。但嫦娥却趁丈夫不在家时偷偷将药全部吞食，顿时身体变得轻飘飘的，升天直奔月宫而去，从此再也不返回人间了。后羿到处寻找嫦娥而没有结果，却没有料到天庭早已收留了他那犯了偷窃之罪的妻子。

嫦娥成仙住进蟾宫，陪伴她的只有那只捣药的玉兔。她的感受如何呢？李商隐诗云："云母屏风烛影深，长河渐落晓星沉。嫦娥应悔偷灵药，碧海青天夜夜心。"李商隐看到的是嫦娥心中的寂寞，而袁郊却看到在人们心目中至高无上、神圣庄严的天庭，原来竟是一个包庇犯罪行为的场所。嫦娥在人间待不下去了，在天上却可以心安理得地做她的神仙。人们对天庭怀着敬畏，以为那里是最纯洁高尚的地方，"谁知天上却容奸"！

不知读过此诗的人，还会不会对月亮依然保持着美好而富有诗意的印象？

云

袁　郊

楚甸尝闻旱魃侵，从龙应合解为霖。

荒淫却入阳台梦，惑乱怀襄父子心。

— 品读 —

古人写云的诗可谓气象万千，唐末进士李中就是一位写云高手，他的《春云》写道："阴去为膏泽，晴来媚晓空。无心亦无滞，舒卷在东风。"另一首《夏云》也颇有新意："如峰形状在西郊，未见从龙上沈寥。多谢好风吹起后，化为甘雨济田苗。"与袁郊同时代的诗人来鹄也有一首同题诗《云》："千形万象竟还空，映水藏山片复重。无限旱苗枯欲尽，悠悠闲处作奇峰。"

袁郊的诗，《全唐诗》共录四首，全是借咏物而写的讽喻诗，用典很多，这首《云》也是如此。

前二句写楚地郊外遭旱灾，云既能从龙，有云即当化为甘雨，现在为何不灵了呢？这里引《易》典："云从龙，风从虎，圣人作而万物睹。"即古人所说的气类相感的"云龙风虎"。

后二句接着写云不能抗旱降雨，反而诱惑楚王父子于荒淫。这二句典出宋玉《高唐赋·序》。宋玉随楚襄王游高唐，宋玉对襄王说："昔者先王（指怀王）尝游高唐，怠而昼寝，梦见一妇人，曰：'妾，巫山之女也，为高唐之客。闻君游高唐，愿荐枕席。'王因幸之。去而辞曰：'妾在巫山之阳，高丘之阻，旦为朝云，暮为行雨，朝朝暮暮，阳台之下。'旦朝视之，如言，故为立庙，号曰'朝云'。"这则神话描写了楚王与巫山神女的欢会，神女说她朝为云，暮为雨，总离不开阳台，后人因以阳台、巫山、高唐等代指所爱恋的女子栖居之所或男女欢合之地，称男女欢合为云雨。唐太宗李世民有《赋得含峰云》句："非复阳台下，空将惑楚君。"诗人李白《系寻阳上崔相涣三首》中有"虚传一片雨，枉作阳台神。纵为梦里相随去，不是襄王倾国人。"寄托虚有其名，实未受宠之叹。骆宾王《忆蜀地佳人》写道："莫怪常有千行泪，只为阳台一片云。"这些都是用此典的千古佳句。

袁郊《云》诗，视野开阔，联想丰富，立意深长，讽喻砭骨：云在天上，天广地阔，好风凭借力，卷舒自如，从龙而行，居高临下，理应体察万物，济世扶危，奈何目睹楚甸旱魃为灾，而不化为甘霖，施惠众生，相反却不守职责，不思正道，诱惑楚王父子骄奢荒淫呢？全诗字里行间流露出对下层生活的关注与同情，对贼子佞臣的诅咒与谴责，读来令人掩卷沉思，感慨良多。

露

袁　郊

湛湛腾空下碧霄，地卑湿处更偏饶。

菅茅丰草皆沾润，不道良田有旱苗。

——品读——

以风花雪月入诗者数不胜数，而以露水为题材且又观点独到的诗却较少。

露气从万里碧霄腾空而下，在地上积成厚重的露水，地势低湿处露水更多。这样看来，露水应是很公正的，它从天而降，滋润着禾苗万物茁壮成长。但事实上却不尽如此，清早起来出门细看，就会发现只有那丛生的茅草杂木被露水滋润得湿漉漉的，而那正需要甘霖与灌溉的万亩良田依然干裂着，嫩嫩的禾苗在忍受着干旱的威胁。

这真是一种不公平的现象：没有用处，只待铲除的茅草不仅占据了湿润的地势，而且还独得露水眷顾，"菅茅丰草皆沾润"，而那将产出养活世人的宝贵粮食的良田，却始终受着毒辣日头与干旱的折磨，连露水也不肯洒落下来。当然，露水即使有心眷顾旱苗，但对万顷良田来说，它甚至连"杯水车薪"都谈不上哩。

生物界尚且如此不公，那么在一切由人来操纵的社会，是否也同样存在着这种不公平不合理的"马太现象"呢？在给"菅茅丰草"施与恩惠时，是否有人注意到"良田有旱苗"？

霜

袁　郊

古今何事不思量，尽信邹生感彼苍。

但想燕山吹暖律，炎天岂不解飞霜。

━ 品读 ━

一诗二典，不解此扣结，是无法读懂这首诗的。还是先让我们来读一读有关春秋战国时代邹生的故事：

据《淮南子》记载，邹衍事燕惠王尽忠尽职，但燕惠王周围的人却进谮诬告他，惠王将他捆绑起来。邹子仰天而哭，时值盛夏五月，上天感动，满天为之下霜。这是"邹生感彼苍"的来历。

另据刘向《方士传》载，邹衍在燕时，燕国有一个地方，地美却天寒，五谷不生，邹子在这里居住下来，吹律使天气回暖，大地生机盎然，五谷繁盛，于是人们将之命名为黍谷。这是"邹子吹律"的典故。诗人李白有一首用此典的诗："燕谷无暖气，穷岩闭严阴。邹子一吹律，能回天地心。"此典多比喻他人的关怀。

袁郊将有关邹子传说的两个典故用于一首诗中，浑然一体，表情达意，完美无缺。

　　这首诗前二句责怪人们为何做事想问题不思量一番，却偏偏要相信"邹生感彼苍"之类的说法。后二句一转说，但是只要有他人的热心关怀、理解和支持，处于逆境中的人也会因春风送暖而枯木逢春，这种关怀不正是所谓炎天飞霜、雪中送炭吗？

　　人生活在这个世界上，不可能总是一帆风顺，或许有生活的艰辛，爱情的失意，事业的挫折，理想的破灭。当一个人遇到挫折时，总希望有人给予关怀，得到别人的理解和帮助。也许这希望只是一个美丽的梦想，但是一个人只要真诚地生活，诚实地待人，努力地追求，总有一天会在寒谷喜闻邹氏律，会感动上苍而炎天飞霜的。

焦崖阁

韦　庄

李白曾歌蜀道难，长闻白日上青天。

今朝夜过焦崖阁，始信星河在马前。

— 品读 —

　　这首诗用惊叹之笔描述诗人夜过焦崖阁时的具体感受。

　　"李白曾歌蜀道难，长闻白日上青天"，不正面描写焦崖阁之山势陡峭、高耸入云，而是以李白那著名的诗句和人们的谈论来衬托它的险峻。李白感叹"蜀道之难难于上青天"，"上有六龙回日之高标，下有冲波逆折之回川"，"连峰去天不盈尺，枯松倒挂倚绝壁"，等等，蜀道之难，让人惊心动魄，它高标齐天，连太阳也被它挡住而不能运行，那蜀道离天仿佛不到咫尺。读过李白的诗，见识过蜀道之难，对焦崖阁之高标险峻也就有了相应的联想与足够的心理准备。

　　但接下来诗人并未用充满激情与浪漫想象的壮丽之笔进一步描绘焦崖阁的气势，而是淡淡地讲述他夜过焦崖阁的亲身观感："今朝夜过焦崖阁，始信星河在马前"。看来，此前他对焦崖阁的高耸接天还有些怀疑，只有当他在夜间经过此地时，但见那满天的星斗仿佛近在身旁，伸手可摘，那灿烂闪烁的银河就在马的前方，只要扬鞭催马，就可以畅游在银河之中……亲身体会使诗人折服，"始信星河在马前"。由诗人对自己亲身体会的淡淡描写，可以想见焦崖阁之高峻险要。但从诗人是骑有马匹的事实，又可见那通往焦崖阁的道路也是经过"地崩山摧壮士死，然后天梯石栈相勾连"的艰辛开凿的。

　　站在焦崖阁这样的制高点，放眼浩瀚星空，那该是一种什么样的感觉，是"不敢高声语，恐惊天上人"，还是"我欲乘风归去，又恐琼楼玉宇，高处不胜寒"？

咏　蟹

皮日休

未游沧海早知名，有骨还从肉上生。
莫道无心畏雷电，海龙王处也横行。

═ 品读 ═

　　凡读此诗，读者多会忍俊不禁，会心一笑。螃蟹的名气可谓大矣，盖因它们直道不走，却偏天不怕地不怕，到哪儿都要横着行，别着走。加上前头两只硕大的铁钳子，气势汹汹地举着，大有不可一世的模样。

　　"未游沧海早知名"，既然其名气如此大，所以诗人见了螃蟹，当然忍不住要仔细打量研究一番。只见那厮与一般动物不同，"有骨还从肉上生"，它用圆溜溜的硬壳裹住肉体，伸出六条细腿，两个大夹，它的一切招数都暴露在外，两只小眼睛滴溜溜 360 度转个不停，的确是个与众不同的角色。更兼它那不比寻常的行为举动："莫道无心畏雷电，海龙王处也横行。"天性如此，总要横着走，就是在它的最高上司海龙王面前也不改变。如此看来，这螃蟹倒不是那委屈善变、谄媚上司之辈了。诗人咏蟹，竟咏出了对它的几分喜爱和欣赏。

　　不知为什么，螃蟹始终都担着恶名。人们骂一个人行恶多端时，常用词就是"横行霸道"，盖因螃蟹横着走路，乃有是称。其实，螃蟹那笨拙、性急的模样竟也透出几分憨态，可笑也还可爱。主要的是它那狰狞丑陋的外表之下，生长着鲜美无比的蟹肉，可谓"我很丑，可是我很好吃"。人们一边借蟹骂人，一边并不耽误他们品尝美味，并以蟹赚取大把钞票，实在是聪明透顶。可怜的蟹们，只不过以它们独特的方式走它们自己的路，竟招如此骂名，真个是招谁惹谁了？

金 钱 花

皮日休

阴阳为炭地为炉，铸出金钱不用模。
莫向人间逞颜色，不知还解济贫无？

品读

　　金钱花，色呈金黄，花似铜钱，于夏秋季午时开花，至子夜花尽蒂落，故又称子午花或夜落金钱。诗人咏金钱花，实际上是顾此而言他。

　　"阴阳为炭地为炉，铸出金钱不用模"，诗人首先状写金钱花的特点，让人自然联想到"金钱"之形。金钱花生长于大地，采阴阳之精气，如炭之煅烧；倚大地之泥壤，如炉之熔炼；经天地养成，"铸"出花形如金钱。这"金钱"浑然天成，不用铸模，只依阴阳炭气所炼而得形，便似天公撒下的满地金钱。但是，金钱花毕竟不是金钱货币，"莫向人间逞颜色，不知还解济贫无"，即使是天公所播撒的金钱，也不要在人间炫耀其黄澄澄的颜色，更不要炫耀其神通广大，因为不知你是否懂得去救济贫穷人家。诗人面对的是花，想到的却是大千世界，他斥金钱花"莫向人间逞颜色"，质问"不知还解济贫无"，这一问，是责备，又带一些期望，说的是金钱花，指的是金钱。

　　"莫向人间逞颜色，不知还解济贫无？"弦外之音是，这人间，金钱如麻，但无一个能有济贫之心。金钱本身是人所操纵之物，岂解济贫？但金钱何以不解济贫，反聚于少数豪富之家，这在旧时代当然属于社会问题。对此，是值得读后深思的。

放　牛

陆龟蒙

江草秋穷似秋半，十角吴牛放江岸。

邻肩抵尾乍依偎，横去斜奔忽分散。

荒陂断堑无端入，背上时时孤鸟立。

日暮相将带雨归，田家烟火微茫湿。

品读

好一幅深秋放牛图，好一派宁静的田园风光。

秋天已尽，但江边的草依然很茂盛。一群肥硕健壮的牛正在江边放养，它们悠闲自在地啃着地上的草，嚼得津津有味。吃饱后它们就肩挨着肩，尾巴挨着尾巴，亲亲热热地挤在一起小憩，"邻肩抵尾乍依偎"，牛的性格是极温和驯服的，所以它们能"邻肩抵尾"地依偎在一起，但它们仍然不失动物的活泼甚至好斗的天性，因此刚刚还挨在一起，不一会儿就会一跃而起，"横去斜奔忽分散"，不知为了什么事情而奔跑、追逐。它们有时爬上山坡，有时钻进山沟，毫无羁绊。牛背上，不时有小鸟儿停落，一副悠然自得的神态。

渐渐地，日头偏西，暮色降临，牧牛人赶着牛群要回家了。这时一阵微雨轻轻洒下，农家屋顶上袅袅飘动的炊烟，在微雨清风中忽隐忽现，忽升忽散，仿佛在召唤田间劳作的人们和那悠闲的牧牛人快快回家，回到那温馨的家。家中温暖微黄的灯光下，有香气扑鼻的饭菜，有满脸洋溢着笑意的亲人在等待着他们。这种时候，劳动了一天的人们就会卸下满身疲惫，掸去衣衫上的浮尘，将整个身心投入到平凡的但却实实在在的幸福之中。

"日暮相将带雨归，田家烟火微茫湿"，牧牛人与牛群在夕阳下形成一幅凝重的剪影，再加上一丝细雨，几缕青烟，这样恬静而慢节奏的田园生活，远离城市的灯红酒绿、喧闹与快节奏，热爱它，赞美它，似乎都嫌不够，只有置身在那种氛围之中，才可长久保持一颗纯朴、平静的心，才可体验到平实、自在、没有羁绊的人生。

不第后赋菊

黄　巢

待到秋来九月八，我花开后百花杀。
冲天香阵透长安，满城尽带黄金甲。

品读

　　重阳节有赏菊的风俗，相沿既久，也就形成了菊花节。黄巢因有革命抱负，遂以菊花代指整个受压迫的社会大众，因此，百花就成了腐朽反动的唐王朝封建统治集团的象征。鉴于此，诗人开篇先声夺人，向统治集团庄严宣告："待到秋来九月八"，等到重阳菊花节（本应为"九月九"，因押"杀""甲"韵，故为"九月八"）那一天吧，那一天是什么景象呢？"我花开后百花杀"，百花凋零殆尽，只有菊花独领风骚，此时必是菊花之世界。本来，菊花盛开时，百花凋零乃自然界的规律，然而诗人将反动统治集团的象征——百花的凋零，归结为人民大众的象征——菊花盛开的必然结果，菊花盛开，百花退出花间舞台，显示了黄巢对农民起义军必胜的信心，给菊花完全赋予了人格力量。

　　诗人接下来描写菊花盛开的壮丽景观："冲天香阵透长安，满城尽带黄金甲。"整个长安城都开满了披戴黄金盔甲的菊花，阵阵浓郁的菊香直冲云霄，香遍全城。菊花节自然是菊花的天下，是菊花壮丽景观的集中展示，诗人在这里赋予菊花战斗的风格和革命的精神，黄色的花瓣也就成了披戴黄金盔甲的起义军战士，生动形象地展示出农民起义军攻占长安，主宰全国的胜利场面。

如果说后面的《题菊花》表现了诗人对不公正的社会现实的强烈不满和改天换地的抱负的话，那么，这首诗则是黄巢对他领导的农民起义军与腐朽的唐朝封建统治斗争的必胜信念的表达。果然，他的农民起义军曾一度攻占都城长安，建立了大齐国。

黄巢的咏菊诗之所以使人耳目一新，在于他赋予了菊花一种特有的品格，这种品格带有他那浓郁的感情色彩。因为菊花在诗人笔下，能生发出悠然的逸趣，如陶潜；又能生发出豪情，如黄巢。花仍是花，但人眼中之花却各不相同，情所使也。

题 菊 花

黄 巢

飒飒西风满院栽，蕊寒香冷蝶难来。
他年我若为青帝，报与桃花一处开。

∽∽ 品读 ∽∽

　　这是一首典型的咏菊言志之作。作者一反过去菊花为文人孤傲、清高的个人象征，一扫旧咏菊诗的柔弱和孤寂的意境，给人以激越、乐观之感。请看——

　　"飒飒西风满院栽"，菊花自栽植院中，艰难孕育在萧萧西风、冷天寒气到来之时，才得满院花开，竞相吐蕊放香，景致非凡，何等壮观！这本应是她大放异彩的时候，但此时菊花依然处在寒天冻地的环境中，全身依然笼罩在"寒""冷"的淫威下，"蕊寒香冷蝶难来"，菊蕊变寒，菊香亦冷，连恋花的蜂蝶也不见来，真是冷冷清清，寂寞异常。这菊，真的就开放于西风中而甘于寂寞吗？不，"他年我若为青帝，报与桃花一处开"，有朝一日我做了花神，就一定要打破、改造这不合理之旧现状，让百花在同等条件下开放，让菊花与桃花等其他花一齐开放，让她同样尽情享受和风的爱抚，细雨的滋润，春日的朗照，蜂蝶的追嬉，人们的赞赏……

花开四季，天时使然。正因为如此，四季才各有各的妙处，花才各有各的品格。从科学的意义来看，黄巢的誓言无异是空想，但作为思想的寄托，他的誓言又是如此恢宏、激越，合乎情理。在唐朝，先有武则天令牡丹隆冬而开的故事，后有黄巢令菊"报与桃花一处开"的抱负，两相对比，读者自可品味出无穷妙趣。

云

来　鹄

千形万象竟还空，映水藏山片复重。

无限旱苗枯欲尽，悠悠闲处作奇峰。

——品读

对于同一事物，人们观察的角度不同，便会得出截然相异的结论。同样面对白云，在来鹄笔下，却远没有那么浪漫美丽。

"千形万象竟还空，映水藏山片复重"，朵朵云彩依旧是那样千变万化，形态多样，可诗人此时望云却并非为了观赏它的"千形万象"，只因时下久旱无雨，好不容易盼得云层遮日，却仍看不到一点雨滴。"竟还空"，让诗人好生失望。它忽如大海，忽如高山，忽片片散开，忽重重叠叠，又怎不令诗人恼恨不已。他质问这些云：君试看，这边厢，"无限旱苗枯欲尽"，茫茫禾苗枯旱将死，普天下民众殷殷盼君施洒甘霖，你那里却"悠悠闲处作奇峰"，如此这般的"千形万象""映水藏山"，倒是十分悠然自得。可这些又有什么实际意义呢？

此诗妙就妙在诗人来鹄跳出了描摹云态莫测的常规写法，而将对云的吟咏纳入其忧国忧民的情怀中。可见写诗也不宜一味追求"千形万象",而应蕴含某种实际意义,哪怕是少许一些;人生中不也应如此吗?且莫像来鹄笔下的"云"那样只是装模作样,不如干些实事,哪怕雨下得少些,但只要下了,即不失为"真云"。

未展芭蕉

冷烛无烟绿蜡干，芳心犹卷怯春寒。
一缄书札藏何事，会被东风暗拆看。

— 品读 —

　　这是一首咏物诗，诗人运用生动的比喻、丰富的联想，赋芭蕉以情和神，贴切感人。

　　"冷烛无烟绿蜡干，芳心犹卷怯春寒"，诗人将尚未展开的芭蕉比作不冒烟的绿色蜡烛，不能给人温暖。同时，这尚未绽开的芭蕉也像是一个多情少女，因害怕寒冷的气候环境，不得不卷藏着芳心，把美好的感情隐藏在心中。同时，这包卷着的芭蕉又像是一封未拆开的书札，不知其中暗含多少心事，也许是少女未吐露的相思情怀吧？作者没有明言，而留下一片空白让读者去想象。但诗人相信，总有一天，寒气消退，东风吹来暖意，这紧紧卷着的"书札"终会被拆开的。"一缄书札藏何事，会被东风暗拆看"，生动、形象、含蓄、幽默，既写出了芭蕉含苞待放的娇羞，又表达了少女怀春的复杂的感情世界。

　　读这首咏芭蕉诗，留给读者最深的印象，莫过于诗中所寓之情。未展芭蕉的形象与对芳心紧锁的少女的同情融为一体。在那束缚个性、压抑情感的封建时代，女性是没有爱与被爱的自由的，只能把满腹的情感诉于书札，希望有一天寒去暖来，有人知道她们的心事。诗一开始从阴郁的心境出发，以"冷烛""春寒"设喻联想，最后对未来寄予希望，相信东风会吹开芭蕉，到那时，就是温暖的人生春天了。

鸡

崔道融

买得晨鸡共鸡语，常时不用等闲鸣。

深山月黑风雨夜，欲近晓天啼一声。

▰ 品读 ▰

鸡本是一种再普通不过的家禽，公鸡打鸣报时，母鸡生蛋，杀鸡吃肉喝汤，这就是鸡对于人的全部存在意义与实用价值。

而在诗人崔道融眼中，鸡似乎成了一个通人性的能与之共度艰难时光的伙伴。他对着买来的公鸡娓娓而谈："买得晨鸡共鸡语，常时不用等闲鸣。"诗人殷殷相嘱；我买回你，虽然是为了让你打鸣报时，但你平时用不着无端地伸着脖子啼叫。"深山月黑风雨夜，欲近晓天啼一声"，你只需在深山荒林中月黑风雨之夜，天快破晓时高唱一声，以你那洪亮的声音划破漫漫长夜，报告黎明的到来，让主人能看到曙光初照。

这首诗虽然是写鸡，且诗人对晨鸡的一番话语，或许亦为戏言，但读者从中不难读出诗人的心声。在这个世界上，与人共语已经很难了，在那深山月黑风雨夜，只有那通人性的公鸡可陪伴他等待天明，为他送来云开雾散的消息。而人呢，或许尚不如鸡。

寒食夜

韩　偓

恻恻轻寒翦翦风，杏花飘雪小桃红。

夜深斜搭秋千索，楼阁朦胧烟雨中。

— 品读 —

　　打秋千是当时北方欢度寒食节的一种风尚。年轻的女子坐在秋千上推引，因而这秋千与佳人便有了天然的联系。就连后世那惯唱"大江东去"的苏东坡都要感叹："墙里秋千墙外道。墙外行人，墙里佳人笑。笑渐不闻声渐悄，多情却被无情恼。"

　　佳人荡着秋千，美丽的裙裾在和风丽日中袅袅飘动，映衬着佳人那如花的秀靥，荡漾着银铃般悦耳的笑声，犹如一幅流动而明亮的图画，怎能不牵惹多情男子的一颗春心？尤其是在那春风沉醉的夜晚，杏花如雪，小桃绽红，春光如此明媚艳丽，连空气中都飘浮着沁人心扉的芳香，正是年轻人春心躁动的季节。

　　于是，在那"恻恻轻寒翦翦风"，温馨中还透着丝丝寒意的寒食之夜，诗人深情地忆起日间秋千架下与佳人款款相对的情景，心中倍觉惆怅与迷离。夜已深，人已静，他还在那空荡荡的秋千架边流连。他轻轻倚靠着纤纤的秋千索，仿佛在感受佳人纤手握住绳索时留下的余温。此时此刻，烟雨凄迷，诗人的绵绵情丝随着轻风摇荡，飘向那在烟雨中变得朦胧的楼阁之中。推而想之，那楼阁之中，住着的自然就是那位令诗人情牵梦萦的佳人了，是她也只有她才会让诗人心中涌起种种温柔、缠绵与惆怅。

《寒食夜》是韩偓早期作品《香奁集》中的一首。《香奁集》所收一百首诗大多反映男女情爱，而其中又有许多首写到寒食与秋千，如"想到那人垂手立，娇羞不肯上秋千"，可见诗人年轻时确曾有过"秋千情结"。整个一首《寒食夜》犹如言情片中一个抒情的长镜头：春色浓丽而又意象凄迷的夜晚，多情的男主角静静地立在微寒之中，任轻风吹动他的头发，任细雨沾湿他的衣衫，他那深情而略带幽怨的眼睛凝视着远处朦胧烟雨中的楼阁。

其实，这样的心情这样的感受，哪一个年轻人不曾拥有过？青春的情爱、青春的心动、青春的忧郁惆怅，是人们青春的秘密，年轻的岁月，也因为有了这些诗意的烦恼而变得更美好。

小　松

杜荀鹤

自小刺头深草里，而今渐觉出蓬蒿。
时人不识凌云木，直待凌云始道高。

━ 品读 ━

　　人们常夸青松傲岸挺拔，却忽略了它初始成长时的境况。杜荀鹤咏小松而别有寄意，有待细细领会。

　　"自小刺头深草里"，这棵小松从小便扎根于杂草丛生之处，无人理睬，但实际上，谁不认识松树之材。见到这小松，即使它刺头于深草中，也可显出它的不寻常。果然，"而今渐觉出蓬蒿"，到如今，这棵小松卓然脱颖而出，已经初显其清奇高洁的气概与品质。如此，人们识得其材吗？仍然不能。"时人不识凌云木，直待凌云始道高"，人们一时都不知这棵小松能否长成高耸入云的良材佳木，等到小松业已高耸入云时，大家才会赞不绝口，齐呼"高哉"，继而吟诗寄兴，丹青写意，于这棵松树又有何益？

　　杜荀鹤此诗写得颇有深意，耐人寻味。松是古代贤士的象征，人们或誉其为君子，或作诗赞之，将它放在众树之首。可当松树幼小时，却刺头深草之中。生长在蓬蒿这样的艰苦环

境里，虽对小树本身有"磨炼"作用，但对旁人而言，则不该放任不管。不要等小松长成凌云之木后，才说它高，那对于清傲之松来说，毫无用处，只可见时人之浅薄。故此，识小松之材，既可早尽小松之用，又能显出识小松者之高明。于松如此，于人亦然。

杨　花

吴　融

不斗秾华不占红，自飞晴野雪蒙蒙。

百花长恨风吹落，唯有杨花独爱风。

— 品读 —

杨花柳絮大多被用来形容见异思迁、寡情薄义、没有责任心的情人，比如"水性杨花"，再如"他家本是无情物，一任南飞又北飞"。其实，杨花又何错之有？

不过，这首诗却将杨花至真至纯、浪漫可爱的个性之美展现了出来。在那"百般红紫斗芳菲"的春天里，桃红柳绿，春光浓丽，五彩缤纷的鲜花争芳斗艳，热闹非凡。只有那杨花，天性恬淡，"不斗秾华不占红"，它不与那些红花绿草争风头，一身素淡，倒显出它不同流俗的个性；在春风桃李花开日，它"自飞晴野雪蒙蒙"，杨花在晴朗的天空中、旷野上轻盈地飞舞，那漫天飘扬的杨花，就像是片片雪绒花，形成另一种春意。

而杨花的另一个特性是顽强，"百花长恨风吹落，唯有杨花独爱风"，在暮春之际，花将凋零，微风吹过，落英缤纷，那残红如雨，会让留恋春天的人们倍感伤情。脆弱的百花经不起风的吹拂，但杨花却最爱春风，轻风吹过，那活泼的杨花就

会随风而起，在暖风中飘扬，时而在空中翻飞，时而随风落在树梢上、房顶上、行人的衣襟上……正是风给了它活力，给了它四处飘飞的勇气与力量。没有风，杨花只有颓然委地化作春泥。

有了杨花的点缀，春天的颜色才更加丰富。有了杨花"自飞晴野雪蒙蒙"，暮春时节，大地才不会寂寞。在这个世界上，有的人喜爱并追逐斑斓的色彩和美艳，有的人却偏爱"不斗秾华不占红"的淡泊与清高。

雨　晴

王　驾

雨前初见花间蕊，雨后全无叶底花。
蜂蝶纷纷过墙去，却疑春色在邻家。

品读

　　这是暮春时节诗人游园时所写的一首即景小诗，读来趣味盎然。

　　一场春雨，打得春花七零八落，谁还能说那是"好雨知时节，当春乃发生"呢？这一场雨到来之前，叶底间的花儿才刚刚吐蕊，可等这一场雨过去之后，再看时已是"绿肥红瘦"，全无叶底之花了。"雨前初见花间蕊，雨后全无叶底花"，好大好凶的一场雨啊！春天的即将消逝，夏天的悄然到来，就是由这么一场暴雨发其端的。

　　雨过天晴，园中的景色又亮丽起来，那等待既久的蜂儿蝶儿，急不可待地从栖身处飞出来，兴致勃勃地飞到园中采花吮蜜。谁知已是花谢春残，园中无花可餐了。于是它们想也不想，又急急忙忙地越过院墙，向邻家飞去。这些性急而活泼的蜜蜂、蝴蝶们，还以为春色已转移到了邻家。

　　"蜂蝶纷纷过墙去，却疑春色在邻家"，诗人眼中，不仅看到了雨打花残，更看到了那些小生灵们的可爱与有趣，它们是不会失去希望和热情的，这里找不到春色，它们就会飞到另一个地方继续寻找。诗人惜春，但并不因为春的消逝而沮丧，他以饶有兴趣的眼光来研究这些昆虫的心态，看蜂蝶们忙碌飞舞的动向，说或许春色真的就在邻家停留呢。想象新奇，亦妙亦趣。

　　看来，只要以一种幽默和投入的眼光来看待世间万物的变迁，总会发现一些令人开心的东西。

社　日

王　驾

鹅湖山下稻粱肥，豚栅鸡栖半掩扉。
桑柘影斜春社散，家家扶得醉人归。

━ 品读 ━

　　诗人展现给人们的是一派江南农村安定富庶、宁静喜悦的生活场景，犹如世外桃源。

　　社日是古时祭祀土神的日子，分春、秋两祭，称春社和秋社，是人们祈求风调雨顺、丰衣足食的时候。社日不仅是庄严的宗教节日，更是劳动人民难得的娱乐放松的大好时光。

　　鹅湖山下，放眼看去，一望无际的良田，庄稼长得茂盛肥硕，熏风吹过，掀动片片绿浪，让人想见即将到来的大丰收的喜悦。鹅湖山上，村庄内也是一片安静，大肥猪在栅栏边呼呼大睡，羽毛丰泽的鸡站在篱笆墙上打盹。家家户户的门半掩着，好安宁好祥和，到处见不到人影，人都到哪儿去了呢？

　　日头渐渐偏西，将桑树的影子长长地拖到地面上，这时候才见人们从聚会处陆陆续续拥出来，原来是春社散了，尽兴地乐了一天的村民要回家了。小山村顿时热闹起来，那些男人个个喝得醉醺醺的，东倒西歪地被家人扶着，还扯着嗓子唱着叫着往家里走去。随着夜幕的渐渐落下，山村又归于宁静。

　　这样的描述仿佛把我们带到了淳朴恬静的世外桃源。路不拾遗、夜不闭户的情形令现代人难以想象，如今，装上几道防盗门、防盗窗还担心不保险呢，哪里还敢外出时只"半掩扉"？

早　梅

齐　己

万木冻欲折，孤根暖独回。

前村深雪里，昨夜一枝开。

风递幽香出，禽窥素艳来。

明年如应律，先发望春台。

品读

　　读者也许知道"一字师"的传说。这个典故出自《唐才子传》的记载：齐己曾以《早梅》一诗求教于郑谷，诗的第二联原为"前村深雪里，昨夜数枝开"。郑谷读后说："'数枝'非'早'也，未若'一枝'佳。"齐己深为佩服，便将"数枝"改为"一枝"，并称郑谷为"一字师"。诗人在这首诗中以清丽的语言，含蓄的笔触，咏梅花傲寒的品性和素艳的风韵，以托己之志。其状物清润素雅，抒情含蓄隽永。

　　诗首联即写梅花不畏严寒的秉性，"万木冻欲折，孤根暖独回"，寒季里，万木经受不住寒气侵袭，几乎枝干摧折；而梅树却像独凝地下暖气于根茎，回复了生意。"前村深雪里，昨夜一枝开"，用字虽平，却颇耐咀嚼。山村野外一片皑皑深雪，正是孤梅独放的背景，梅花开于百花之前，是谓"早"；而这"一枝"又先于众梅悄然"早"开，便更显此梅非凡。难怪郑谷将"数枝"改为"一枝"，令齐己为之折服。"一字师"，其信乎！

"风递幽香出，禽窥素艳来"，正是梅花的姿色与风韵。梅花内蕴幽香，随风轻轻递送而四溢；禽鸟窥见素雅芳洁的早梅时，亦是那般惊奇。鸟犹如此，早梅给人们带来的诧异与惊喜就益发见于言外了。"明年应如律，先发望春台"，只望明年还如今年花律，最早开放，独占春台。

此诗题为"早梅"，诗中一字未提，却处处含有"早"意："孤根暖独"是"早"，"一枝开"是"早"，禽鸟惊窥，皆因梅开之"早"，祷祝明春先发，仍然是"早"，首尾一贯，处处扣题。细品来，诗人突出早梅不畏严寒、傲然独立，创造高远的境界，实隐匿自己的影子。他胸怀大志却科举失利，故时有怀才不遇之慨。"前村深雪里，昨夜一枝开"，他与"风""禽"为伴，犹自"孤根暖独"，孤芳自赏；他内怀"幽香"，外呈"素艳"，不甘于前村深雪"寂寞开无主"的境遇，而满怀希望，准备明年应时而发，在望春台上独占鳌头。早梅早香，世人之所愿；早梅早"发"，诗人之所愿，愿早梅早如人意。

梅 花 坞

陆希声

冻蕊凝香色艳新，小山深坞伴幽人。
知君有意凌寒色，羞共千花一样春。

— 品读 —

　　这首诗赞美了梅花傲雪凌寒的精神与甘于寂寞的品性。

　　"冻蕊凝香色艳新，小山深坞伴幽人"，在平静的山野洼地上，新艳的梅花陪伴着孤高幽独的人儿，"梅花香自苦寒来"，在寒冷的冬季，梅花在枝头傲然绽放，它那晶莹而半透明的花瓣透着嫩嫩的蜡黄光泽，正因为它经历了严冬的考验，在漫长的季节中孕育，所以它的香气才更加浓馥更加持久，且没有其他花朵的俗丽。梅花的性格就是这样不事张扬，在寒风凛冽的冬夜，在大雪飘飞的早晨，梅花将清香送进人们的心间。那沁人心脾的香气，也同这花朵一样超凡脱俗，清雅袭人。而梅花映雪又是多么有诗意的画面。

　　梅花凌寒而开，是它清高独具的品性所致。"知君有意凌寒色，羞共千花一样春"，它就是喜欢向严寒挑战，霜雪愈重则花愈艳而香愈浓。它在隆冬开放，因为它不愿像那追温逐暖的春花那样，只在春天才出来锦上添花。

　　对梅花的品德，自古以来似乎只有赞美之辞，少有讥讽之声，大概正是因为它"冻蕊凝香色艳新"，在天寒地冻、万木凋零敝败之时，只有它悄然绽放，以它的美丽与幽香为人们带来喜悦与安慰。"已是悬崖百丈冰，犹有花枝俏。"可是它的天性是那样淡泊，并不因为冬天只有它一花独秀而自傲。梅花"俏也不争春，只把春来报，待到山花烂漫时"，它就悄然隐去，将大好春光让给那姹紫嫣红而娇弱的百花。

粉笺题诗

无名氏

三月江南花满枝，风轻帘幕燕争飞。
游人休惜夜秉烛，杨柳阴浓春欲归。

—— 品读 ——

春天是多么美好欢畅的季节："三月江南花满枝，风轻帘幕燕争飞。"三月的江南，绿草如茵，繁花似锦。看那杂花夹树的绮丽世界中，熏风轻卷帘幕，双飞的乳燕在春风杨柳中穿梭翱翔，在温暖的屋檐下修筑爱巢。热爱春天的人们换上新装出门踏青，热情奔涌的年轻人要向爱人倾诉衷肠。

春天使人留恋于缠绵悱恻的感情世界，让人感受到生活的甜蜜愉悦。可春天又何其短暂，仿佛刚刚还陶醉在浓丽的春光之中，还未来得及充分享受春天的万紫千红、鸟语花香，体验春心的温柔与躁动，转眼已是"绿肥红瘦"，春天已意趣阑珊了。那吐露着鹅黄嫩芽的杨柳，突然之间发现已是浓荫袭人；在渐暖渐热的日光中，娇艳的春花换成了茂盛的绿叶。春天快要离我们而去，夏天的脚步已在耳边响起。所以，"游人休惜夜秉烛，杨柳阴浓春欲归"。

春天仿佛是人生中的美好年华。青春是如此耀眼夺目，充满激情，充满幻想。拥有青春的人们，可以尽情享受爱情，勇往直前。但青春的时光又是多么短暂，当我们尚未及充分享受自己的青春时，她已渐行渐远了。

　　古人总劝导世人珍惜时光，"一寸光阴一寸金"，还有人说"春宵一刻值千金"，可只有当一切都成为过去，成为心中温馨而又酸涩的一道记忆，人们才会偶尔回味一下过去岁月留下的痕迹，感慨当初的少不更事，错失良机。所以又有诗人劝告世人："花开堪摘直须摘，莫待无花空折枝。"